LETTRES LATINO-AMÉRICAINES

MON ANGE

Ouvrage édité sous la direction
de Zoé Valdés et Alzira Martins

Titre original :
Boarding Home
Editeur original :
Salvat, Letras de Oro, Barcelone
© Succession Guillermo Rosales, 1987

© ACTES SUD, 2002
pour la traduction française
ISBN 2-7427-3938-6

Illustration de couverture :
Philip Guston, *Porch No 2*, 1947
© The Munson-Williams-Proctor Institute

GUILLERMO ROSALES

MON ANGE

roman traduit de l'espagnol (Cuba)
par Liliane Hasson

On pouvait lire *boarding home* sur la façade de la maison, mais je savais que ce serait mon tombeau. C'était un de ces refuges marginaux où aboutissent les gens que la vie a condamnés. Des fous pour la plupart. Mais aussi des vieillards que leurs familles abandonnent pour qu'ils meurent de solitude et n'empoisonnent plus la vie des triomphateurs.

— Ici tu seras bien, dit ma tante, assise au volant de sa Chevrolet dernier cri. Il n'y a plus rien à faire, tu l'admettras.

Je comprends. Je ne suis pas loin de la remercier de m'avoir trouvé ce taudis pour rester en vie sans avoir à dormir sur des bancs publics, dans des parcs, couvert de crasse, en traînant mes baluchons de vêtements.

— Il n'y a plus rien à faire.

Je la comprends. J'ai été enfermé dans trois asiles de fous au moins depuis que je suis ici, dans cette ville de Miami où je suis arrivé

9

il y a six mois pour fuir la culture, la musique, la littérature, la télévision, les événements sportifs, l'histoire et la philosophie de l'île de Cuba. Je ne suis pas un exilé politique. Je suis un exilé total. Je me dis parfois que si j'étais né au Brésil, en Espagne, au Venezuela ou en Scandinavie, j'aurais fui tout autant leurs rues, leurs ports et leurs prairies.

— Ici tu seras bien, dit ma tante.

Je la regarde. Elle me regarde avec dureté. Aucune pitié dans ses yeux secs. Nous descendons. On pouvait lire *boarding home* sur la maison. Une de ces maisons qui recueillent la lie de la société. Des êtres aux yeux vides, aux traits anguleux, aux bouches édentées, aux corps malpropres. Je crois que de tels lieux n'existent qu'ici, aux Etats-Unis. On les connaît aussi sous le nom de *homes* tout court. Ce ne sont pas des établissements publics. N'importe quel particulier peut en ouvrir un à condition d'obtenir la licence de l'Etat et de suivre un stage paramédical.

Ma tante me donne des explications :

— ... une affaire comme une autre. Une entreprise comme les pompes funèbres, un commerce d'opticien, une boutique de mode. Ici tu paieras trois cents pesos*.

---

* Les Cubains basés aux Etats-Unis disent communément peso pour dollar. *(Toutes les notes sont de la traductrice.)*

Nous avons ouvert la porte. Ils étaient tous là. René et Pepe, les deux débiles mentaux ; Hilda, la vieille décatie qui urine continuellement dans ses robes ; Pino, un homme gris et silencieux qui fixe l'horizon, le regard dur ; Reyes, un vieux borgne dont l'œil de verre suppure sans cesse un liquide jaunâtre ; Ida, la grande dame déchue ; Louie, un Yankee vigoureux au teint olivâtre qui hurle sans arrêt comme un loup pris de folie ; Pedro, un vieil Indien, peut-être péruvien, témoin silencieux de la méchanceté du monde ; Tato, l'homosexuel ; Napoléon, le nain ; et Castaño, un vieillard de quatre-vingt-dix ans qui sait seulement crier : "Je veux mourir ! Je veux mourir ! Je veux mourir !"

— Tu seras bien ici, dit ma tante. Tu seras parmi des Latinos.

Nous avançons. M. Curbelo, patron de la maison, nous attend dans son bureau. M'a-t-il dégoûté d'emblée ? Je n'en sais rien. C'était un gros type flasque. Il portait des vêtements de sport ridicules surmontés d'une petite casquette juvénile de joueur de base-ball.

— Alors c'est lui, l'homme ? demande-t-il à ma tante en souriant.

— C'est lui, répond-elle.

— Il sera bien ici, dit Curbelo, il vivra comme en famille.

Il regarde le livre que je tiens sous le bras et demande :

— Tu aimes lire ?

Ma tante répond :

— Mieux, il est écrivain.

— Oh ! dit Curbelo, faussement étonné. Et tu écris quoi ?

— De la merde, dis-je doucement.

— Vous avez apporté ses médicaments ? demande alors Curbelo.

Ma tante les cherche dans son sac à main.

— Oui, dit-elle, du Melleril. Cent milligrammes. Il doit en prendre quatre par jour.

— Bien, dit M. Curbelo d'un air satisfait. Vous pouvez le laisser à présent. Le reste, c'est notre affaire.

Ma tante me regarde droit dans les yeux. Je crois discerner, cette fois, un semblant de pitié.

— Tu seras bien ici, assure-t-elle. Il n'y a plus rien à faire.

Je m'appelle William Figueras. A quinze ans, j'avais lu le grand Proust, Hesse, Joyce, Miller et Mann. Ils furent pour moi comme les saints pour un dévot chrétien. Il y a vingt ans, à Cuba, j'achevais un roman. C'était une histoire d'amour entre un communiste et une bourgeoise, qui finissait par le suicide des deux héros. Ce roman ne fut jamais publié, le grand public ne connut jamais mon histoire d'amour. Les spécialistes littéraires du régime dirent que mon roman était morbide, pornographique et, en outre, irrévérencieux, car il traitait le parti communiste avec dureté. Après quoi, je devins fou. Je commençai à voir des diables sur les murs, je me mis à entendre des injures et je cessai d'écrire. Ce qui émanait de moi, c'était de l'écume de chien enragé. Un jour, croyant qu'un changement de pays me délivrerait de la folie, je quittai Cuba et arrivai dans le grand pays américain. Les parents qui m'attendaient ici ne savaient rien de ma vie : après vingt ans de séparation, ils ne me connaissaient plus. Ils s'attendaient à voir atterrir un futur triomphateur, un futur commerçant, un futur play-boy ; un futur père de famille qui aurait une future maison pleine d'enfants, qui irait à la plage le week-end, roulerait dans de belles voitures et porterait des vêtements haute couture de chez Jean-Marc ou de chez Pierre Cardin. Mais tout ce qui se présenta à l'aéroport le jour de mon arrivée, c'est un type devenu fou, presque édenté, maigre et craintif, qu'il fallut faire interner le jour même dans un service psychiatrique parce qu'il regarda tous les membres de la famille avec suspicion et, au lieu de les étreindre et de les embrasser, il les injuria. Je sais que ce fut un coup terrible pour eux tous. Spécialement pour ma tante, qui se berçait d'illusions. Tout ce qui se présenta, c'est moi. Une honte. Une tache terrible dans cette famille de petits-bourgeois cubains, aux dents saines et aux ongles soignés, à la peau éclatante, vêtus à la dernière mode, parés de grosses chaînes en or, propriétaires de somptueuses automobiles dernier cri, de maisons aux nombreuses pièces, avec climatisation et chauffage, au garde-manger bien rempli. Ce jour-là (celui de mon arrivée), je sais qu'ils se regardèrent tous, honteux, qu'ils firent certaines remarques caustiques et quittèrent l'aéroport au volant de leurs voitures, avec la ferme intention de ne plus jamais me revoir. Jusqu'au jour d'aujourd'hui. La seule qui resta fidèle aux liens familiaux, c'est cette tante Clotilde, qui décida de me prendre en charge et me garda chez elle pendant trois mois. Jusqu'au jour où, sur les conseils d'autres membres de la famille et de quelques amis, elle décida de me placer dans le *boarding home* ; la maison des déchets humains.

— Car il n'y a plus rien à faire, tu l'admettras.

Je la comprends.

Ce *boarding home* avait été, à l'origine, une maison de six pièces. Elle avait dû être occupée, au début, par l'une de ces familles américaines typiques qui s'enfuirent de Miami quand les Cubains fuyant le communisme affluèrent. De nos jours, le *boarding home* se compose de douze pièces minuscules, avec deux lits dans chacune. Ajoutons un très vieux téléviseur, perpétuellement en panne, et une espèce de salle de séjour avec vingt chaises dures toutes déglinguées. Il y a trois cabinets de toilette dont le plus beau est réservé au chef, M. Curbelo. Dans les deux autres, les cuvettes sont toujours bouchées, car certains pensionnaires y fourrent des vieilles chemises, des draps, des rideaux et d'autres morceaux de tissu qu'ils emploient pour se torcher le derrière. M. Curbelo ne fournit pas de papier hygiénique. Pourtant, légalement, il devrait le faire. A l'extérieur du bâtiment se trouve un réfectoire tenu par une mulâtresse cubaine, couverte de colliers et de bracelets religieux. Elle se nomme Caridad. Mais elle ne fait pas la cuisine. Si c'était le cas, M. Curbelo devrait lui octroyer trente dollars de plus par semaine. Voilà ce que M. Curbelo ne fera jamais. De sorte que c'est Curbelo lui-même, avec sa gueule de bourgeois, qui fait la soupe tous les jours. Il cuisine de la façon la plus simple : il prend une poignée de pois cassés ou de lentilles et les jette (plaf !) dans la cocotte-minute. Parfois, il y ajoute un peu d'ail en poudre. Le reste, à savoir le riz et le plat de résistance, ça vient de chez un traiteur-livreur du nom de *Saison* ; les patrons, sachant que c'est pour un asile de fous, choisissent ce qu'ils ont de pire au menu et l'envoient n'importe comment dans deux grandes marmites graisseuses. Ils devraient fournir vingt-trois portions mais en livrent seulement onze. M. Curbelo considère que c'est suffisant. Personne ne proteste. Si jamais quelqu'un s'y risque, M. Curbelo lui lance, sans un regard : "Ça ne te plaît pas ? Eh bien, si ça ne te plaît pas, va-t'en !" Mais… qui va s'en aller ? La rue est dure. Même pour les fous qui ont la cervelle dans les nuages. M. Curbelo le sait fort bien et répète : "Va-t'en, et vite !" Mais personne ne s'en va. Le protestataire baisse les yeux, reprend sa cuiller et se met à avaler en silence ses lentilles crues.

Car dans ce *boarding home* personne n'a personne. La vieille Ida a deux fils dans le Massachusetts, qui l'ignorent totalement. Le silencieux Pino est seul, sans la moindre relation dans ce pays gigantesque. René et Pepe, les deux arriérés mentaux, ne pourraient jamais vivre avec leurs familles excédées. Reyes, le vieux borgne, a une fille à New York qui ne le voit plus depuis quinze ans. Hilda, la vieille femme affligée de cystite, ne connaît même plus son nom de famille. Quant à moi, j'ai une tante… mais "il n'y a plus rien à faire". M. Curbelo sait tout cela. Il ne le sait que trop. C'est pourquoi il est tellement certain que personne ne quittera le *boarding home* et qu'il continuera de percevoir les chèques de trois cent quatorze dollars que l'État américain verse à chacun des fous de son hospice. Il y a vingt-trois fous ; sept mille deux cent vingt-deux pesos. Plus trois mille autres pesos qui lui viennent de je ne sais quelle subvention supplémentaire, cela fait dix mille deux cent vingt-deux pesos par mois. C'est pourquoi M. Curbelo possède une maison du dernier chic à Coral Gables, ainsi qu'un haras avec des chevaux de course. C'est pourquoi il consacre ses week-ends à un sport chic, la pêche sous-marine. C'est pourquoi ses enfants ont leurs photos dans le journal local pour leur anniversaire, c'est pourquoi il fréquente les soirées mondaines, en smoking et nœud papillon. Maintenant que ma tante est partie, le regard de Curbelo, chaleureux jusque-là, me scrute avec une froide indifférence.

— Viens, me dit-il sèchement.

Il me conduit le long d'un couloir étroit vers une chambre, la quatre, où dort un autre fou dont le ronflement évoque le grincement d'une scie électrique.

— C'est ton lit, dit-il sans un regard. Voilà ta serviette.

Il me montre une serviette râpée constellée de taches jaunâtres.

— Ça, c'est ton placard et voici ton savon.

Il prend dans sa poche une demi-savonnette blanche et me la donne. Il regarde sa montre, s'aperçoit qu'il est tard, quitte la chambre et referme la porte derrière lui. Alors je pose ma valise par terre, je place mon petit téléviseur sur une armoire, j'ouvre la fenêtre et je m'assois sur le lit que l'on m'a assigné. J'ai entre les mains mon recueil de poètes anglais. Je l'ouvre au hasard. C'est un poème de Coleridge :

Malheur à ces diables qui te pourchassent ainsi,
Vieux Matelot, que Dieu te protège.
Pourquoi me regardes-tu ainsi ? Avec mon arba-
lète
J'ai mis à mort l'Albatros...

Soudain, la porte s'ouvre. Un individu robuste, à la peau sale comme l'eau d'une flaque, entre. Il tient une canette de bière et boit à plusieurs reprises tout en me lorgnant du coin de l'œil. Puis il demande :

— C'est toi, le nouveau ?

— Oui.

— Moi, c'est Arsenio. C'est moi qui garde tout ça quand Curbelo n'est pas là.

— Bon.

Il regarde ma valise, mes bouquins et sa vue s'arrête sur mon petit téléviseur en noir et blanc.

— Il marche ?

— Oui.

— Il t'a coûté combien ?

— Soixante pesos.

Il se remet à boire, tout en lorgnant mon téléviseur du coin de l'œil. Puis il demande :

— Tu vas dîner ?

— Oui.

— Alors vas-y, c'est prêt.

Il fait demi-tour et quitte la chambre tout en buvant à même sa canette. Je n'ai pas faim mais je dois manger. Je pèse seulement cent quinze livres et je suis si affaibli que la tête me tourne. Dans la rue les gens m'interpellent parfois : "Echalas !" Je jette le recueil de poètes anglais sur mon lit et je boutonne ma chemise. Mon pantalon flotte sur mes hanches. Je dois manger.

Je me dirige vers le réfectoire.

Mme Caridad, chargée de distribuer la nourriture aux fous, m'indique à mon arrivée la seule place disponible. La chaise est à côté de Reyes, le vieux borgne, de Hilda, la vieille dame décatie dont les vêtements empestent l'urine et de Pepe, le plus âgé des deux arriérés mentaux. On appelle cette table "la table des intouchables", car personne ne veut se trouver à côté d'eux à l'heure des repas. Reyes mange avec ses doigts ; son œil de verre, énorme comme un œil de requin, suppure à tout instant une humeur aqueuse qui lui dégouline jusqu'au menton telle une grosse larme jaunâtre. Hilda aussi mange avec ses doigts, adossée à son siège, comme une marquise dégustant des mets exquis, de sorte que la moitié de la nourriture souille ses vêtements. Pepe, l'arriéré, mange avec une cuiller aussi large qu'une truelle ; il mâche lentement en faisant beaucoup de bruit avec ses mâchoires édentées et toute sa figure, jusqu'à ses immenses yeux exorbités, se barbouille de pois cassés et de riz. Je porte la première cuillerée à ma bouche et la mâche avec lenteur. Je mâche et remâche et finis par comprendre que je suis incapable d'avaler. Je recrache le tout dans mon assiette et je m'en vais. Une fois dans ma chambre, je constate que mon téléviseur a disparu. J'ai beau le chercher dans mon placard et sous mon lit, il n'y est pas. Je sors chercher M. Curbelo, mais l'homme assis maintenant dans son bureau, c'est Arsenio, le surveillant en second. Il boit un coup à sa canette de bière et m'informe :

— Curbelo n'est pas là. Qu'est-ce qu'il y a ?

— On m'a volé mon téléviseur.

— Ta, ta, ta. Il hoche la tête, désolé. Ça, c'est un coup de Louie, ajoute-t-il. C'est lui, le voleur.

— Où il est, Louie ?

— Dans la chambre n° 3.

Je vais dans la chambre n° 3 et j'y trouve l'Américain Louie qui se met à hurler comme un loup dès qu'il me voit. Je lui demande :

— TV ?

Il braille, fou furieux :

— *Go to hell !*

De nouveau il hurle, se jette sur moi et m'expulse *manu militari* de sa chambre. Aussitôt, il claque la porte de toutes ses forces.

Je regarde Arsenio. Il sourit. Mais il s'en cache d'un geste vif en dissimulant son visage derrière une canette de bière.

— Tu bois un coup ? demande-t-il en me tendant sa bière.

— Merci, je ne bois pas. Il viendra quand, M. Curbelo ?

— Demain.

Bon. Il n'y a plus rien à faire. Je retourne dans ma chambre et m'affale lourdement sur mon lit. L'oreiller pue la sueur rance. Sueur d'autres fous qui sont passés par ici et se sont déshydratés entre ces quatre murs. Je le jette le plus loin possible. Demain, je réclamerai un drap propre, un oreiller neuf et un verrou à fixer à la porte afin que personne n'entre sans demander la permission. Je lève les yeux au plafond. C'est un plafond bleu, écaillé, parcouru de minuscules cafards marron. Bon. Pour moi, c'est la fin. La dernière étape que j'ai pu atteindre. Après ce *boarding home*, il n'y a plus rien. La rue et puis plus rien. De nouveau, la porte s'ouvre. C'est Hilda, la vieille décatie qui urine sur elle. Elle vient quémander une cigarette. Je la lui donne. Elle me regarde de ses yeux bienveillants. Je remarque, derrière ce visage horripilant, une certaine beauté d'hier. Sa voix est d'une extrême douceur. Cette voix raconte son histoire. Elle ne s'est jamais mariée, dit-elle. Elle est vierge. Elle a, dit-elle, dix-huit ans. Elle cherche un jeune homme de bonne famille pour s'unir avec lui. Mais un jeune homme bien, attention ! Pas n'importe qui.

— Vous avez de beaux yeux, me dit-elle avec douceur.

— Merci.

— Il n'y a pas de quoi.

J'ai un peu dormi. J'ai rêvé que j'étais dans une ville de province, là-bas à Cuba, et que dans toute cette ville il n'y avait pas âme qui vive. Portes et fenêtres étaient grandes ouvertes et laissaient voir des lits en fer couverts de draps très propres et lisses. Les rues étaient longues et silencieuses ; toutes les maisons étaient en bois. Je parcourais cette ville, plein d'angoisse, à la recherche de quelqu'un à qui parler. Mais il n'y avait personne. Seulement des maisons ouvertes, des lits blancs et un silence total. Aucune trace de vie.

Je me suis réveillé baigné de sueur. Dans le lit voisin, le fou qui ronflait comme une scie vient de se réveiller et il enfile un pantalon.

— Je vais travailler, me dit-il. Je travaille toute la nuit dans une pizzeria où on me paie six pesos. On me donne en plus de la pizza et du Coca-Cola.

Il passe sa chemise et se chausse.

— Je suis un ancien esclave, dit-il. Je suis un homme ressuscité. Moi, dans une vie antérieure, j'ai été un Juif qui a vécu au temps des Césars.

Il sort en claquant la porte. J'observe la rue par la fenêtre. Il doit être minuit. Je me lève du lit et me rends au salon pour prendre le frais. En passant devant la chambre d'Arsenio, le gardien de l'hospice, j'entends le bruit de deux corps en lutte, puis celui d'une gifle. Je passe mon chemin et m'assieds dans un fauteuil défoncé qui empeste la sueur rance. J'allume une cigarette et renverse la tête en arrière ; je me souviens, encore effrayé, du rêve que je viens de faire. Ces lits blancs impeccables, ces maisons solitaires ouvertes à tous les vents et moi, le seul être vivant dans toute la ville. C'est alors que je vois quelqu'un sortir en trébuchant de la chambre d'Arsenio. C'est Hilda, la vieille décatic. Elle est nue. Arsenio la suit, nu aussi. Ils ne m'ont pas vu.

— Viens, dit-il à Hilda d'une voix d'ivrogne.

— Non, répond-elle. Ça me fait mal.

— Viens, je vais te donner une cigarette, répète Arsenio.

— Non. Ça me fait mal !

Je tire sur ma cigarette et Arsenio me découvre dans la pénombre.

— Qui va là ?

— Moi.

— Qui, moi ?

— Le nouveau.

Il marmonne quelque chose, mécontent, et réintègre sa chambre. Hilda s'approche de moi. Un rayon de lumière venu d'un poteau électrique baigne son corps nu. C'est un corps plein de squames et de sillons profonds.

— Tu as une cigarette ? demande-t-elle d'une voix douce.

Je la lui donne.

— Moi je n'aime pas me faire mettre par-derrière, dit-elle. Alors que lui, le satané ! elle désigne la chambre d'Arsenio – il veut seulement le faire comme ça.

Elle s'en va.

J'appuie de nouveau ma tête au dossier du fauteuil. Je songe à Coleridge, l'auteur de *Kubla Khan* ; le désenchantement de la Révolution française a provoqué sa ruine et sa stérilité comme poète. Mais, bientôt, le fil de mes pensées se brise. Le *boarding home* frémit sous un long hurlement terrifiant. Louie l'Américain surgit dans le salon, le visage presque défiguré par la rage.

Il gueule en direction de la rue, déserte à une heure pareille :

— *Fuck your ass ! Fuck your ass ! Fuck your ass !*

Il cogne du poing un miroir accroché au mur et l'écrabouille. Du fond de son lit, Arsenio, le surveillant, dit d'une voix ennuyée :

— Louie… *you* au lit tout d'suite. *You* comprimé *tomorrow. You* nous emmerde plus.

Alors Louie disparaît entre les ombres.

Le vrai chef du *boarding home*, c'est Arsenio. M. Curbelo, bien qu'il vienne tous les jours (sauf samedi et dimanche), ne reste ici que trois heures en tout et pour tout. Il fait la soupe, prépare les comprimés de la journée, écrit quelque chose de mystérieux sur un gros registre et repart. Quant à Arsenio, il reste ici vingt-quatre heures sur vingt-quatre, sans mettre le nez dehors, même pas pour s'acheter des cigarettes au coin de la rue. Quand il a envie de fumer, il envoie un fou en acheter. Quand il a faim, il envoie Pino, qui est son fou coursier, chercher quelque chose à manger à la gargote du coin. Il se fait aussi apporter de la bière, plein de bière, car Arsenio ne dessoûle pas de la journée. Ses copains le surnomment Budweiser, d'après sa marque de bière préférée. Quand il boit, ses yeux deviennent plus méchants, sa voix se fait pâteuse (encore plus !), ses gestes plus grossiers et insolents. Alors il donne des coups de pied à Reyes, le borgne ; il ouvre les tiroirs qui lui tombent sous la main pour y chercher de l'argent et circule dans le *boarding home*, un couteau aiguisé à la ceinture. Parfois, il prend ce couteau, le donne à René, le demeuré, et lui dit en désignant Reyes, le borgne : "Enfonce-le-lui dedans !" En précisant bien : "Enfonce-le-lui dans le cou, c'est la partie la plus tendre." René, le demeuré, prend le couteau dans sa main maladroite et avance sur le vieux borgne. Mais il a beau donner des coups de couteau à l'aveuglette, il ne le fait jamais pénétrer, car il est à bout de forces. Alors Arsenio le fait asseoir à table ; il apporte une canette de bière vide et plante le couteau dedans. "Voilà

comment on donne des coups de couteau !
explique-t-il à René. Comme ça, comme ça
et comme ça !" La canette, lardée de coups
de couteau, est criblée de trous. Alors il ren-
gaine son arme, donne un coup de pied
sauvage au derrière du vieux borgne et va
se rasseoir dans le bureau de M. Curbelo
pour écluser d'autres bières. Ensuite, il
appelle : "Hilda !" Hilda, la vieille décatie
qui empeste l'urine, rapplique. Arsenio lui
tripote le sexe par-dessus ses vêtements et
lui ordonne : "Aujourd'hui, lave-moi ça !"

"Bas les pattes !" proteste Hilda, indignée. Arsenio éclate de rire. Dans sa bouche,
comme dans toutes celles du *boarding
home*, il y a plein de dents pourries. Son
torse, carré et suant, est fendu par une estafilade qui va de sa poitrine à son nombril.
C'est un coup de poignard reçu cinq ans
auparavant, en prison. Il était condamné
pour vol. M. Curbelo lui verse soixante-dix
pesos par semaine. Mais Arsenio s'en contente. Il n'a pas de famille, il n'a pas de
métier, il n'a pas d'aspirations dans la vie et
ici, dans le *boarding home*, il joue les caïds.
Pour la première fois de sa vie, Arsenio a
sa place quelque part. Il sait d'ailleurs que
Curbelo ne le renverra jamais. Il proclame
souvent : "Je suis tout pour lui. Il ne trouvera jamais quelqu'un comme moi." C'est
la pure vérité. Pour soixante-dix pesos
par semaine, Curbelo ne trouvera pas sur
tout le territoire des Etats-Unis un secrétaire

comme Arsenio. Non, il ne le trouvera pas.

Je me suis réveillé. Je m'étais endormi dans le fauteuil défoncé et je me suis réveillé vers 7 heures. J'ai rêvé que j'étais enchaîné à un rocher et que mes ongles étaient longs et jaunes comme ceux d'un fakir. Dans mon rêve, bien qu'enchaîné par le châtiment des hommes, j'avais un pouvoir immense sur les animaux de la Création. Je criais : "Poulpes ! Apportez-moi un coquillage avec la statue de la Liberté gravée à la surface." Et les énormes poulpes cartilagineux s'affairaient avec leurs tentacules pour chercher ce coquillage parmi les millions et millions de coquillages qui pullulent dans la mer. Ils finissaient par le trouver, le hissaient péniblement jusqu'à ce rocher où j'étais captif et me le remettaient humblement avec un grand respect. Moi, j'examinais le coquillage, j'éclatais de rire et le jetais dans le vide avec un dédain extrême. Ma cruauté faisait verser de grosses larmes cristallines à ces poulpes. Mais je riais de leurs larmes et je rugissais d'une voix terrible : "Rapportez-en un autre semblable !"

Il est 8 heures du matin. Arsenio ne s'est pas réveillé pour servir le petit-déjeuner. Les fous, affamés, s'entassent devant la salle de télévision.

— M'sieu... ! crie Pepe, l'arriéré. P'tit-déj'ner ! P'tit-déj'ner ! Quand est-ce que vous allez servir p'tit-déj'ner ?

Mais Arsenio, encore soûl, ronfle dans sa chambre, allongé sur le dos. Un fou allume le téléviseur. On voit un prédicateur dissertant sur Dieu. Il dit qu'il s'est rendu à Jérusalem. Qu'il a vu le verger de Gethsémani. L'écran montre des photos de ces lieux où Dieu a marché. On voit le Jourdain, dont les flots limpides et paisibles sont inoubliables, affirme le prédicateur. "J'ai été là-bas, dit-il. J'ai humé, deux mille ans après, la présence de Jésus." Le prédicateur verse des larmes. Il dit d'une voix attristée : "Alléluia !" Le fou change de chaîne. Cette fois, il branche la chaîne latino. Il s'agit maintenant d'un présentateur cubain qui parle de politique internationale. "Les Etats-Unis doivent se montrer fermes, dit-il. Le communisme a infiltré la société. Il est présent dans les universités, dans les journaux, chez les intellectuels. Nous devons revenir aux grandes années d'Eisenhower."

— Bravo ! s'écrie à côté de moi un fou nommé Eddy. Ce pays-là, ce qu'il lui faut, c'est des couilles ; il doit mettre le paquet. D'abord, il faut faire tomber le Mexique, qui est infesté de communistes. Ensuite, le Panamá. Après ça, le Nicaragua. Partout où il reste un communiste, il faut le pendre par les couilles. Moi, les communistes, ils m'ont tout pris. Tout !

— Ils t'ont pris quoi, Eddy ? demande Ida, la grande dame déchue.

Eddy lui répond :

— Ils m'ont pris trente *caballerías** de terre plantée de manguiers, de canne à sucre, de cocotiers... Tout !

— Mon mari, ils lui ont pris un hôtel et six maisons à La Havane, dit Ida. Ah, et en plus de ça, trois pharmacies, une fabrique de bas et un restaurant.

— Bande de salopards ! fait Eddy. Voilà pourquoi les Etats-Unis doivent tout liquider. Qu'ils leur foutent cinq ou six bombes atomiques. Liquider !

Il tremble beaucoup. Il tremble au point de tomber de sa chaise et de continuer à trembler par terre. Il répète :

— Tout liquider !

Ida glapit :

— Arsenio ! Eddy a une attaque.

Mais Arsenio ne répond pas. Alors Pino, le fou silencieux, va au lavabo et revient avec un verre d'eau qu'il déverse sur la tête d'Eddy.

— Ça va, dit Ida. Ça va. Eteignez cette télé.

On l'éteint. Je me lève. Je vais aux toilettes pour uriner. La cuvette est bouchée par un drap qu'on a jeté dedans. Je pisse sur le drap. Ensuite, je me lave la figure avec une savonnette que je trouve sur le lavabo. Je vais m'essuyer dans ma chambre. Là, le fou qui travaille la nuit dans une pizzeria compte sa monnaie.

* Une *caballería* = environ treize hectares.

— J'ai gagné six pesos, dit-il en rangeant son gain dans un portefeuille. Ils m'ont donné aussi une pizza et du Coca.

— Tant mieux pour toi, dis-je en m'essuyant avec ma serviette.

Sur ce, la porte s'ouvre brusquement et Arsenio surgit. Il vient de se lever. Ses cheveux raides comme des baguettes sont hirsutes, il a les yeux chassieux et les paupières gonflées.

— Eh toi, lance-t-il au fou, file-moi trois pesos.

— Pourquoi ?

— Ne t'en fais pas. Je te les rendrai.

— Tu ne rends jamais rien, proteste le fou d'une voix puérile. T'arrêtes pas de prendre et de prendre et tu rends jamais rien.

— File-moi trois pesos, répète Arsenio.

— Non.

Arsenio fonce sur lui et l'attrape d'une main par le cou ; de sa main libre, il fouille dans ses poches et trouve le portefeuille. Il s'empare de quatre pesos et jette les autres sur le lit. Ensuite, il se tourne vers moi et me fait :

— Tout ce que tu viens de voir, t'as qu'à le raconter à Curbelo si ça te fait plaisir. Je te parie à dix contre un que c'est moi qui gagne.

Il sort de la pièce sans refermer la porte et crie dans le couloir :

— Petit-déjeuner !

Les fous s'agglutinent en troupeau derrière lui, vers les tables du réfectoire.

Alors le fou qui travaille à la pizzeria prend les deux pesos qui lui restent. Il sourit et s'écrie joyeusement :

— Le petit-déjeuner ! Chouette ! J'ai une de ces faims !

Il sort à son tour. Je finis de m'essuyer le visage. Je me regarde dans le miroir qui reflète les nuages gris planant dans la pièce. Il y a quinze ans, j'étais beau. J'avais des femmes. Je me pavanais avec arrogance dans le monde. Aujourd'hui... aujourd'hui...

Je prends mon recueil de poètes anglais et je vais au réfectoire.

Arsenio sert le petit-déjeuner. C'est du lait froid. Les fous se plaignent qu'il n'y a pas de corn-flakes.

— Allez raconter ça à Curbelo, dit Arsenio, indifférent.

Ensuite, de mauvaise grâce, il prend la bouteille de lait et remplit nos verres négligemment. La moitié se répand par terre. Je saisis mon verre et sur place, debout, je liquide mon lait d'un trait. Je quitte le réfectoire pour le bâtiment principal et je retourne m'asseoir dans le fauteuil défoncé. Mais, auparavant, j'allume le téléviseur. On voit un chanteur célèbre, surnommé Le Puma, que les femmes de Miami adorent. Le Puma se déhanche. Il chante : "Vive, vive, vive la libération." Dans le public, les femmes sont en délire. Elles lui lancent des fleurs. Le Puma se trémousse de plus belle. "Vive, vive, vive la libération." C'est Le Puma, l'un de ces hommes qui mettent en transe les femmes de Miami. Les mêmes femmes qui, lorsque je passe, ne daignent même pas me regarder ou, si elles le font, c'est pour serrer leur sac à main contre elles, en pressant le pas. Le voici : c'est Le Puma. Il ne sait pas qui est Joyce et ne veut pas le savoir. Il ne lira jamais Coleridge et n'en a pas besoin. Il n'étudiera jamais *Le 18 Brumaire* de Karl Marx. Il n'embrassera jamais désespérément une idéologie et ne se sentira pas trahi par elle plus tard. Son cœur ne fera jamais boum devant une idée à laquelle on a cru fermement, follement. Il ne saura pas non plus qui furent Lounatcharski, Boulganine, Trotski, Kamenev ou Zinoviev. Il n'éprouvera jamais l'allégresse de participer à une révolution, et ensuite l'angoisse d'être dévoré par elle. Il ne saura jamais ce qu'est *Le Couperet*. Non, il ne le saura jamais.

Soudain, un grand tapage éclate sous le porche. Les tables tombent, les chaises craquent, les cloisons de toile métallique frémissent comme si un éléphant affolé s'y cognait. J'accours. C'est Pepe et René, les deux arriérés mentaux, qui se disputent pour une tartine de beurre de cacahuète. C'est un duel préhistorique. C'est le combat d'un dinosaure contre un mammouth. Les bras de Pepe, énormes et maladroits comme des tentacules de poulpe, frappent aveuglément le corps de René. Celui-ci se sert de ses ongles, aussi longs que des griffes de vautour et les enfonce dans la figure de son adversaire. Ils roulent par terre en se serrant le cou et lâchent de l'écume par la bouche et des filets de sang par le nez. Personne n'intervient. Pino, le silencieux, continue de fixer l'horizon sans ciller. Hilda, la vieille décatie, cherche des mégots par terre. Reyes, le borgne, boit lentement un verre d'eau, en savourant chaque gorgée comme si c'était un cocktail. Louie, l'Américain, feuillette une revue des témoins de Jéhovah où il est question du paradis qui viendra quand l'heure sonnera. Arsenio, de la cuisine, observe la bagarre et fume, très calme. Je reviens à ma place. J'ouvre mon recueil de poètes anglais. C'est un poème de Lord Byron :

Ma vie est une frondaison jaunâtre
Où n'existent plus les fruits de l'amour.
La douleur seulement, ce vers qui vous ronge,
Demeure à mon côté.

Je ne lis plus. J'appuie la tête au dossier du fauteuil et je ferme les yeux.

Sur le coup de 10 heures du matin, M. Curbelo est arrivé dans sa petite auto grise. Il était euphorique. Caridad la mulâtresse, celle qui sert à manger aux fous, veut entrer dans ses bonnes grâces et le félicite : aujourd'hui il a l'air rajeuni et paraît en pleine forme.

— C'est que j'ai remporté une belle quatrième place, dit M. Curbelo. Il s'explique : C'est en pêche sous-marine. J'ai attrapé deux chiens de mer de quarante livres chacun.

— Oh ! dit en souriant la mulâtresse Caridad.

M. Curbelo entre dans le *boarding home*. Aussitôt, tous les fous se jettent sur lui pour quémander des cigarettes. M. Curbelo prend un paquet de Pall Mall et distribue des cigarettes aux fous, sans un regard. Ses gestes rapides témoignent de la même impatience, de la même irritation que chez Arsenio quand il distribue le lait chaque matin. Les fous fument leur première cigarette de la journée. M. Curbelo achète un paquet de cigarettes par jour et le distribue tous les matins en arrivant. Par bonté ? Nullement. Selon une circulaire gouvernementale américaine, M. Curbelo doit allouer aux fous, tous les mois, trente-huit pesos pour leurs cigarettes et autres menues dépenses. Mais il s'en garde bien. A la place, il achète quotidiennement un paquet de cigarettes pour tout le monde, histoire d'éviter que les fous n'atteignent l'extrême limite du désespoir. De la sorte, M. Curbelo vole aux fous plus de sept cents pesos mensuels. Mais les fous ont beau le savoir, ils sont incapables de réclamer leur argent. La rue est dure… Je m'approche de lui :

— Monsieur Curbelo.

— Je ne peux pas m'occuper de toi pour le moment, dit-il en ouvrant l'armoire à pharmacie.

— C'est qu'on m'a volé un téléviseur, dis-je.

Il m'ignore. Il ouvre un tiroir et y prend des dizaines de flacons de comprimés qu'il pose sur son bureau. Il cherche les miens. Melleril, cent milligrammes. Il me donne un cachet et m'ordonne :

— Ouvre la bouche.

J'ouvre. Il jette le cachet dedans.

— Avale, dit-il.

Arsenio me regarde avaler. Il sourit. Mais quand je le regarde fixement, il dissimule son sourire en portant une cigarette à sa bouche. Inutile de chercher plus loin. Je sais parfaitement que c'est Arsenio lui-même qui a volé mon téléviseur. Je comprends que ça ne servirait à rien de me plaindre auprès de Curbelo. On ne trouvera jamais le coupable. Je fais demi-tour et sors sous le porche. J'arrive au moment où Reyes, le vieux borgne, extirpe son petit pénis fripé et se met à pisser par terre. Eddy, le fou versé en politique internationale, se lève, fonce sur lui et lui assène un coup de poing brutal dans les côtes.

— Vieux dégueulasse ! crie Eddy. Un de ces jours je te tuerai.

Le vieux borgne recule. Il tremble mais urine toujours. Ensuite, sans cacher son pénis, il s'affale sur une chaise et prend un verre d'eau posé par terre. Il boit, en savourant son breuvage comme si c'était un martini. Il pousse un "Ah !" de satisfaction.

Je quitte le porche. Je sors dans la rue, où se trouvent les triomphateurs. La rue, où pullulent de grandes voitures rapides, aux épaisses vitres fumées afin que les vagabonds comme moi ne puissent pas fouiner. En passant devant un café, j'entends que quelqu'un me crie :

— Au fou !

Je me tourne brusquement. Mais personne ne me regarde. Les clients boivent leurs sodas en silence, achètent des cigarettes, feuillettent le journal. Je comprends que c'est la voix que j'entends depuis quinze ans. La chienne de voix qui m'insulte sans cesse. La voix qui vient d'un lieu inconnu, mais très proche. La voix. J'avance. Vers le nord ? Vers le sud ? Qu'importe ! J'avance. En avançant, je vois le reflet de mon corps dans les vitrines des magasins. Mon corps chétif. Ma bouche abîmée. Mes vêtements sales et rudimentaires. J'avance. A un coin de rue, il y a deux femmes témoins de Jéhovah qui vendent la revue *Despertar*. Elles abordent tout le monde, mais moi elles me laissent passer sans m'adresser la parole. Le Royaume n'est pas fait pour les déguenillés comme moi.

J'avance. Quelqu'un rit dans mon dos et je tourne la tête, furieux. Ce n'est pas pour moi. C'est une vieille qui fait des mamours à un nouveau-né. Oh, mon Dieu ! Je repars. J'arrive à un pont très long sous lequel coule une rivière qui charrie une eau trouble. Je me penche à la rambarde pour me reposer. Les voitures des triomphateurs filent à toute allure. Certaines ont la radio allumée à plein volume et on entend de trépidantes chansons rock. J'invective les voitures ·

— Venir me parler de rock, à moi ! Moi, qui suis arrivé dans ce pays avec une photo de Chuck Berry dans la poche de ma chemise.

J'avance. J'arrive dans un secteur appelé *downtown*, où s'entassent des buildings grisâtres. Il y a des Américains, blancs ou noirs, vêtus avec élégance, qui, en sortant du travail, vont manger un hot-dog et boire un Coca. J'avance parmi eux, honteux de ma pauvre chemise à carreaux et du vieux pantalon qui me flotte sur les hanches. J'entre finalement dans un établissement où l'on vend des magazines pornographiques. Je vais au présentoir et en prends un. Je le feuillette. Je sens que mon pénis durcit un peu et je m'accroupis pour dissimuler mon érection. Oh, mon Dieu ! Des femmes. Des femmes nues dans toutes les positions imaginables. De belles femmes de millionnaires. Je referme le magazine et j'attends un moment que l'excitation me passe. Puis je me lève, je remets le magazine à sa place et je sors. J'avance. J'avance vers le cœur de *downtown*. Bientôt je m'arrête, fatigué ; je m'aperçois qu'il est l'heure de rentrer au *boarding home*.

J'arrive au *boarding home* et j'essaie d'entrer par la porte principale. Elle est fermée. Une servante, Josefina, fait le ménage, c'est pourquoi les fous ont été expulsés sous le porche.

— Dehors, les fous ! dit Josefina en les chassant tous à coups de balai.

Les fous sortent sans protester et vont s'asseoir sur les chaises du porche. Ce porche est sombre, encerclé de toiles métalliques noires ; au milieu, il y a toujours une grande flaque d'urine, produite par Reyes, le vieux borgne, qui a perdu toute pudeur et urine tout le temps n'importe où, malgré les coups de poing qu'on lui assène sur le torse émacié et sur le crâne aux cheveux gris hirsutes. Je contourne la flaque et m'assieds sur une chaise, assailli par la forte odeur d'urine. Je sors de ma poche le recueil de poètes romantiques anglais. Mais je ne lis rien. Je l'examine simplement sans l'ouvrir. C'est un beau livre. Epais. Bien relié. C'est le Noir qui me l'a offert quand il est venu de New York. Ça lui a coûté douze pesos. Je regarde quelques dessins du livre. Je revois la tête de Samuel Coleridge. Je vois le visage de John Keats, lui qui se demandait en 1817 :

Oh ! Pourquoi effraies-tu une âme faible ?
Une pauvre chose déjà au bord de la tombe,
débile et paralytique,
dont la dernière heure peut sonner avant minuit.

Alors Ida, la grande dame déchue, se lève et vient s'asseoir à côté de moi.

— Vous lisez ? me demande-t-elle.

— A l'occasion.

— Ah ! Moi, je lisais beaucoup autrefois, là-bas à Cuba. Des romans d'amour.

— Ah !

Je la regarde. Elle est relativement bien habillée, par rapport aux pensionnaires du *boarding home*. Son corps, quoique vieilli, est propre et dégage une lointaine odeur d'eau de Cologne. Elle est de celles qui ont su exiger leurs droits et réclamer à M. Curbelo, tous les mois, les trente-huit pesos qui lui reviennent.

Elle avait été une bourgeoise, là-bas à Cuba, dans les années où j'étais un jeune communiste. A présent, le communiste et la bourgeoise vivent sous le même toit. Dans le lieu que l'histoire leur a assigné : le *boarding home*.

J'ouvre le recueil de poètes romantiques anglais et je lis un poème de William Blake :

Qui t'a créé, petit agneau ?
Sais-tu qui t'a créé ?

Qui t'a donné la vie et t'a nourri ?
Dans le ruisseau et la prairie…

Je referme mon livre. M. Curbelo se pointe à l'entrée du porche et me fait signe de la main. J'y vais. Dans son bureau, un homme nous attend ; bien vêtu, il arbore une chaîne en or massif et une grosse montre. Il porte de belles lunettes à verres fumés.

— C'est le psychiatre, dit M. Curbelo. Raconte-lui tout ce que tu as.

Je m'assieds sur une chaise que Curbelo m'apporte. Le psychiatre prend une feuille dans sa serviette et commence à la remplir avec son stylo. Tout en écrivant, il m'interroge :

— Eh bien, William. Qu'est-ce que tu as ?

Je ne réponds pas.

— Qu'est-ce que tu as ? répète-t-il.

Je respire profondément. C'est aussi stupide que d'habitude.

— J'entends des voix, dis-je.

— Quoi d'autre ?

— Je vois des diables sur les murs.

— Hem ! dit-il. Tu parles avec ces diables ?

— Non.

— Qu'est-ce que tu as encore ?

— De la fatigue.

— Hem !

Il écrit longuement. Il écrit, il écrit, il écrit. Il ôte ses lunettes fumées et me regarde. Dans ses yeux, il n'y a pas une miette d'intérêt à mon égard.

— Quel âge as-tu, William ?

— Trente-huit ans.

— Hem !

Il s'attarde sur mes vêtements, mes chaussures.

— Sais-tu quel jour on est aujourd'hui ?

Je suis troublé :

— Aujourd'hui ? Vendredi.

— Vendredi combien ?

— Vendredi… 14.

— De quel mois ?

— Août.

Il se remet à écrire. Ce faisant, il révèle d'une voix impersonnelle : aujourd'hui, on est lundi 23 septembre.

Il écrit encore un peu.

— OK, William. C'est tout.

Je me lève et retourne sous le porche. Là, une surprise m'attend. Le Noir est venu me rendre visite, de la lointaine Miami Beach. Il a un livre à la main et me le tend en guise de salut. C'est *Le Temps des assassins*, de Henry Miller.

— J'ai peur que ça ne te fasse du mal, dit-il.

— Tu parles !

Je le prends par le bras et l'entraîne vers une auto esquintée se trouvant dans le garage du *boarding home*. C'est une voiture de 1950, qui appartient à M. Curbelo. Un jour, elle s'est arrêtée définitivement et M. Curbelo l'a laissée là, dans le *boarding home*, pour qu'elle finisse de se démantibuler, lentement, auprès des fous. Nous entrons

41

dans la voiture et nous nous asseyons à l'arrière, sur des ressorts rouillés et des bouts d'ouate souillée. J'interroge anxieusement le Noir :

— Quoi de neuf ?

C'est lui, mon contact avec la société. Il se rend à des réunions d'intellectuels cubains, parle politique, lit les journaux, regarde la télévision et ensuite, une ou deux fois par quinzaine, il vient me voir pour me transmettre la quintessence de ses virées de par le monde.

— Toujours pareil, répond le Noir. Toujours pareil... Enfin non ! dit-il soudain... Truman Capote est mort.

— Je sais.

— Eh bien, c'est tout, dit le Noir. Il prend un journal dans sa poche et me le donne. C'est la revue *Mariel**, éditée par de jeunes exilés cubains.

— Il y a un poème de moi dedans, dit le Noir. Page 6.

Je cherche la page 6. C'est un poème intitulé "Il y a toujours de la lumière dans les yeux du diable". Cela me rappelle Saint-John Perse. Je le lui dis. Il en est flatté.

— Cela me rappelle *Pluies*, dis-je.

— A moi aussi, répond le Noir.

Puis il me regarde. Il examine mes vêtements, mes chaussures, mes cheveux sales

* Revue culturelle fondée et dirigée par Reinaldo Arenas. Mariel est le port d'où des dizaines de milliers de Cubains partirent en exil aux Etats-Unis en 1980.

et hirsutes. Il hoche la tête en signe de désapprobation.

— Dis donc, Willy, tu devrais te soigner davantage, me dit-il.

— Je suis très esquinté, hein ?

— Pas encore, dit-il. Mais essaie de ne pas dégringoler encore plus.

— Je prendrai soin de moi.

Le Noir me tapote le genou. Je devine qu'il s'en va. Il prend un paquet de Marlboro à demi entamé et me le remet. Puis il prend un dollar et me le donne aussi.

— C'est tout ce que j'ai, dit-il.

— Je sais.

Nous sortons de la voiture. Un fou vient nous demander une cigarette. Le Noir la lui donne. Il me sourit :

— Au revoir, docteur Jivago.

Il fait demi-tour et s'en va.

Je retourne sous le porche. A ce moment, on m'appelle au réfectoire. C'est Arsenio, le chef en second du *boarding home*. Il est torse nu et dissimule sous la table une canette de bière ; car il ne convient pas que le psychiatre qui visite le foyer aujourd'hui le surprenne en train de boire.

— Amène-toi, me dit-il en désignant une chaise.

J'entre. A part lui et moi, il n'y a personne dans le réfectoire. Il regarde les livres que je tiens et s'esclaffe.

— Tu sais, fait-il en buvant à même la canette. Je t'ai bien observé, moi.

— Ah oui ? Et qu'est-ce que tu en conclus ?

— Que tu n'es pas fou, dit-il, le sourire aux lèvres.

Cela me met en colère et je lui demande :

— Dans quelle école de psychiatrie as-tu étudié ?

— Dans aucune. Moi, ce que je connais, c'est la psychologie de la rue. Alors je te répète que toi, oui, toi ! tu n'es pas fou. Tiens, prends cette cigarette et brûle-toi la langue.

Sa stupidité me répugne. Son corps couleur lavasse, la longue estafilade qui va de sa poitrine à son nombril.

— Tu vois ? fait-il en avalant une gorgée de bière. Tu vois bien que tu n'es pas fou ?

De nouveau, sa bouche aux dents pourries me sourit. Je m'en vais. Le ménage est terminé et on peut entrer dans le bâtiment. Les fous regardent la télévision. Je traverse le salon et rentre dans ma chambre. Je claque la porte. Je suis indigné sans savoir pourquoi. Le fou qui travaille dans une pizzeria ronfle dans son lit avec un bruit de scie découpant une planche. Mon indignation s'accroît. Je m'approche de lui et lui donne un coup de pied au derrière. Il se réveille, terrorisé, et va se pelotonner dans un coin. Je lui dis :

— Espèce de salaud ! Arrête de ronfler comme ça !

En constatant sa frayeur, ma colère s'apaise. Je me rassois sur mon lit. Je sens mauvais. Alors je prends ma serviette et mon savon pour aller à la salle de bains. En chemin, je croise Reyes, le vieux borgne, qui pisse en cachette dans un coin. Je regarde de tous côtés. Je ne vois personne. Je vais vers Reyes et l'attrape fermement par le cou. Je lui flanque un coup de pied dans les testicules. Je lui cogne la tête contre le mur.

— Pardon… pardon… balbutie Reyes.

Je l'observe avec dégoût. Son front saigne. J'éprouve à sa vue un étrange plaisir. Je saisis ma serviette, je la tords et le fouette sur son torse squelettique.

— Pitié… implore Reyes.

Je suis furieux et lui crie :

— Ne pisse plus !

En tournant la tête vers le couloir, je vois qu'Arsenio est là, adossé au mur. Il a tout vu. Il sourit. Il pose sa canette de bière dans un coin et m'emprunte ma serviette. Il la tord bien. Il en fait un fouet impeccable et, de toutes ses forces, il l'abat à son tour sur le dos de Reyes. Une fois, deux fois, trois fois, jusqu'à ce que le vieux s'écroule dans un coin, trempé d'urine, de sang et de sueur. Arsenio me restitue ma serviette. Il me sourit. Il ramasse sa canette de bière et retourne à sa place dans le bureau. M. Curbelo est parti. Arsenio est redevenu le chef du *boarding home*.

Je me dirige vers la salle de bains. J'entre. Je ferme la porte, pousse le verrou et commence à me déshabiller. Mes vêtements empestent. Mes chaussettes, encore plus. Je les ramasse, je sens leur odeur nauséabonde et les jette à la poubelle. C'était les seules chaussettes que j'avais. Dorénavant, je circulerai en ville sans chaussettes.

Je passe sous la douche, j'ouvre le robinet et me glisse sous l'eau chaude. Pendant que l'eau me dégouline sur la tête et sur le corps, je souris en pensant au vieux Reyes. Je pense à sa tête quand il a reçu les coups, aux soubresauts de son corps squelettique, à ses suppliques ; tout cela m'amuse. Après, il est tombé dans sa propre urine et, là, il a imploré ma pitié. "Pitié !" A ce souvenir, mon corps frémit de plaisir. Je me savonne bien et me sers de mon propre slip comme gant de toilette. Puis je me rince et referme le robinet. Je m'essuie. Je passe les mêmes vêtements. Je sors. Dans le salon, les fous regardent toujours la télévision. L'appareil est détraqué et on ne voit que des lumières colorées, mais ils ne bougent pas de là, les yeux rivés sur l'écran, nullement gênés par l'absence d'images. Je m'agenouille devant l'appareil et je le règle. On voit les informations de 6 heures du soir. Je m'affale dans le fauteuil défoncé et j'allonge les jambes sur une chaise vide. Le speaker parle de dix guérilleros tués au Salvador. Alors Eddy, le fou versé en politique internationale, prend contact avec la réalité. Il s'écrie :

— Voilà ! Dix communistes de tués ! Il en faudrait cent ! Mille ! Un million ! Ce qu'il faut, c'est avoir des couilles au cul et tout liquider. D'abord le Mexique. Ensuite le Panamá. Ensuite le Venezuela et le Nicaragua. Ensuite, nettoyer les Etats-Unis, qui sont infectés de communistes. Moi ils m'ont tout pris ! Tout !

— Moi pareil, dit Ida, la grande dame déchue. Six maisons, une pharmacie et un immeuble d'appartements locatifs.

Alors Ida se tourne vers Pino, le fou silencieux et lui demande :

— Et toi, Pino, ils t'ont pris quoi ?

Mais Pino ne répond pas. Impavide, il regarde du côté de la rue, sans ciller.

C'est alors que surgit Castaño, le vieux centenaire qui marche en se tenant aux murs. Ses vêtements, comme ceux de Reyes le borgne, et de Hilda, la vieille décatie, sont imbibés d'urine.

— Je veux mourir ! crie Castaño. Je veux mourir !

René, le plus jeune des deux arriérés mentaux, le prend par le cou, le secoue très fort et le ramène dans sa chambre à coups de pied au derrière. On entend encore la voix du vieux Castaño :

— Je veux mourir !

Jusqu'au moment où René claque la porte de sa chambre et enterre ses cris. Alors

47

Napoléon vient vers moi ; c'est un nain de quatre pieds de haut, gros et massif comme un punching-ball. Sur ce corps de nain, la nature capricieuse a posé une tête de chevalier médiéval. Son visage est d'une beauté tragique et ses yeux, immenses et exorbités, expriment toujours une profonde soumission. Il est colombien. Son langage aussi est soumis, comme celui d'un homme né pour obéir.

— Monsieur, monsieur… me dit-il. Celui-là – il désigne un fou du nom de Tato, dont la figure évoque celle d'un vieux boxeur –, ce type-là, il me l'a touchée !

— Déconne pas, dit Tato.

— Il me l'a touchée, soutient Napoléon. Hier, dans ma chambre, il est entré en pleine nuit et il me l'a touchée !

Je regarde Tato. Il n'a pas le genre homosexuel. Cependant, les paroles du nain le font suer de honte. Il sue. Il sue. Il sue tant qu'en trois minutes son tee-shirt en devient transparent.

— N'écoute pas les fous d'ici, me dit-il, ou tu finiras fou à ton tour.

— Il me l'a touchée ! répète Napoléon.

Alors Tato se lève, rit soudain de manière incompréhensible et me lâche, désinvolte :

— C'est justement ce qu'on a dit à Rocky Marciano au huitième round, alors il s'est levé et a mis K.-O. Joe Walcott. Ça fait que… la vie c'est de la merde !

Il s'en va. Ida, la grande dame déchue, me regarde, indignée :

— Qu'est-ce qu'il ne faut pas voir ! dit-elle. Qu'est-ce qu'il ne faut pas entendre !

Le journal télévisé prend fin. Je me lève. On appelle pour dîner.

Caridad la mulâtresse sert à table. Elle a fait de la prison elle aussi, là-bas à Cuba, pour avoir blessé son mari d'un coup de couteau. Elle habite en face du *boarding home* avec un nouveau mari et deux énormes chiens de race. Elle fait manger à ses chiens de la nourriture du *boarding home*. Pas les restes, mais les aliments chauds qu'elle soustrait aux fous sur leur ration quotidienne. Les fous le savent et ne protestent pas. S'ils protestent, Caridad la mulâtresse les envoie au diable avec le plus grand naturel. Et il ne se passe rien. M. Curbelo n'est jamais au courant. S'il l'est, il dit invariablement : "Ces employés jouissent de ma confiance absolue. De sorte que rien de tout cela n'est vrai." Les fous perdent une fois de plus, comprenant qu'ici mieux vaut se taire. Caridad la mulâtresse aimerait faire la soupe tous les jours pour que M. Curbelo lui donne trente dollars de plus et, ça, c'est toujours bon à prendre. Voilà pourquoi elle serine tout le temps aux fous : "Râlez ! Protestez ! Les pois cassés d'aujourd'hui sont immangeables ! Bande de connards !"

Mais aucun fou ne proteste et Curbelo, pour économiser ses dollars, continue à faire la soupe tous les jours, avec sa gueule de vieux bourgeois.

— Tu veux changer de table ? me demande Caridad au dîner.

— Oui.

— Tu n'aimes pas ces fous répugnants ?

— Non.

— Viens t'asseoir ici, dit-elle.

D'une tape, elle vire le nain Napoléon de son siège et me fait asseoir à sa place. C'est ainsi que j'ai quitté la table des intouchables, où sont Hilda, Reyes, Pepe et René. Maintenant, je m'attable avec Eddy, Tato, Pino, Pedro, Ida et Louie. Ce soir, il y a eu du riz, des lentilles crues, trois feuilles de laitue et du ragoût. J'en ai avalé trois cuillerées et j'ai recraché la quatrième dans mon assiette. Je suis sorti. En passant devant le bureau de M. Curbelo, je vois Arsenio en train de dîner. Il mange sur un plateau en plastique, livré par une gargote voisine. Il mange avec un couteau et une fourchette ; son dîner se compose de riz safrané, de viande de porc, de manioc et de tomates rouges. De bière aussi. Il me dit quand je passe devant lui :

— Allez, viens t'asseoir ici.

Je m'assieds. De la main, il me fait signe d'attendre qu'il ait fini de manger. J'attends.

Il termine. Il prend tous les restes et les jette à la poubelle, le plateau avec. La canette vide aussi. Il éructe. Il me regarde de ses yeux hallucinés. Il prend un paquet de cigarettes et m'en offre une. Nous fumons. Il me dit alors :

— Bon… Venons-en au fait… Est-ce que tu veux-tu être mon adjoint ici ?

— Non, ça ne m'intéresse pas.

— Tu vas être bien, remarque-t-il.

— Ça ne m'intéresse pas.

— Bien, dit il. Amis ?

— Amis.

Il me tend la main.

— Je suis comme je suis, dit-il. Je fume des pétards, je bois de la bière, je sniffe de la coke, je fais de tout ! Mais je suis un homme.

— Je te comprends, dis-je.

— Je te vois en train de tabasser le vieux borgne et je m'en contrefous. Seulement j'attends pareil de toi. Tout ce que tu me vois faire ici, ça reste entre hommes. Compris ?

— Compris, dis-je.

— Mafia ?

— Mafia.

— Bon, dit-il en souriant.

Je me lève. Je vais dans ma chambre. Je me jette sur mon lit. Ce qui vient de se passer ne me plaît pas. Je regrette d'avoir frappé le vieux borgne. Mais c'est trop tard. J'ai cessé d'être un témoin pour me faire complice des choses qui se déroulent dans le *boarding home.*

Je me suis endormi. J'ai rêvé que je courais nu le long d'une grande avenue et que j'entrais dans une maison entourée d'un parc magnifique. C'était la maison de M. Curbelo. J'ai frappé à la porte et sa femme m'a ouvert. C'était une femme désirable. Elle s'est laissé étreindre et embrasser. Elle m'a dit :

— Je te donne ce que tu veux. Mon nom est Nécessité. J'ai répondu :

— Je t'appellerai Nécessi. Et j'ai crié fort : Nécessi !

Alors Curbelo est arrivé dans sa voiture grise. J'ai essayé de m'enfuir à travers le parc, mais il m'a retenu par le bras. J'avais le corps couvert d'écailles blanches.

— Par ici ! a gueulé Curbelo.

Une voiture de police est entrée dans le parc. A cet instant, je me suis réveillé. Il devait être minuit. Le fou qui travaille à la pizzeria ronfle comme un cochon. Torse nu, je me dirige vers le salon. Là je trouve Arsenio et Ida, la grande dame déchue. Arsenio a la main posée sur son genou. Il lui fourre la langue dans l'oreille. Ida résiste. Quand elle me voit, elle résiste davantage. Je passe devant eux et m'assieds dans le fauteuil défoncé.

— Arsenio… dit Ida d'une voix indignée, demain je raconterai tout ça à M. Curbelo.

Arsenio éclate de rire. Il touche son sein flasque. Il la serre contre lui.

— Mais bon sang ! fait Ida. Tu ne te rends pas compte que je suis une vieille femme ?

— C'est comme la morue, rétorque Arsenio. Plus c'est vieux, plus c'est délicieux.

Alors il me regarde. Il remarque que je le regarde et me lance, déjà familier :

— Mafia !

— Mafia ! dis-je.

J'allume une cigarette et m'adosse à mon fauteuil.

— Laisse-moi partir, Arsenio, supplie Ida.

Mais Arsenio s'amuse. Il essaie de passer sa main sous la robe de la vieille femme. Il l'embrasse sur la bouche.

— Je t'en supplie… dit-elle.

— Laisse-la partir, dis-je alors. Laisse-la, quoi.

— Mafia ? demande Arsenio.

— Oui, je suis de ta mafia, mais laisse donc cette pauvre vieille.

Arsenio rit. Chose inattendue, il la laisse partir. Ida file en vitesse et s'enferme dans sa chambre. Je l'entends pousser le verrou à l'intérieur.

— Moi je suis une brute, comme toi, dis-je alors en levant les yeux au plafond. Je suis une brute, comme toi…

Arsenio se lève. Il va dans sa chambre. Il se jette sur son lit. Là il dit :

— Mafia ! Toute la vie est une grande mafia ! Rien d'autre.

Je reste seul. Je fume ma cigarette. Tato, le boxeur homosexuel, entre. Il s'assied sur une chaise devant moi. Un rayon de lumière baigne son visage bosselé.

— Ecoute ça, me dit-il. Ecoute cette histoire. L'histoire d'un vengeur de la tragédie douloureuse. La tragédie du mélodrame final qui n'a pas de perspectives. La coïncidence fatale de la tragédie sans fin. Ecoute ça, c'est mon histoire. L'histoire de l'imparfait qui s'était cru parfait. Et la fin tragique de la mort, qui est la vie. Qu'en penses-tu ?

— C'est bien, dis-je.

— J'en ai assez ! dit-il. Il repart.

Je m'endors.

J'ai rêvé de Fidel Castro. Il était réfugié dans une maison blanche. Moi, je tirais des coups de canon sur la maison. Fidel était en caleçon et maillot de corps. Il lui manquait quelques dents. Il m'insultait à la fenêtre. Il me lançait : "Salaud ! Tu ne me feras jamais bouger d'ici !" J'étais désespéré. La maison était déjà en ruine mais Fidel, toujours à l'intérieur, se déplaçait avec une agilité de chat sauvage. "Tu ne me feras pas bouger d'ici ! criait-il, aphone. Tu ne me feras pas bouger !" C'était le dernier réduit de Fidel. J'ai eu beau passer tout le temps de mon rêve à le bombarder de projectiles, je n'ai pas pu le faire bouger de ces ruines. Je me suis réveillé. C'est le matin. Je vais aux toilettes. J'urine. Ensuite, je me rince la figure à l'eau froide. Je sors comme ça, dégoulinant, pour le petit-déjeuner. Il y a du lait froid, des corn-flakes et du sucre. Je bois du lait, c'est tout. Je retourne devant le téléviseur et l'allume. Je m'installe une fois de plus dans le fauteuil défoncé. Le prédicateur américain qui parle de Jésus apparaît sur l'écran.

— Toi qui es devant ton téléviseur, dit le prédicateur. Viens dans les bras du Seigneur !

J'ai la gorge sèche. Je ferme les yeux. J'essaie d'imaginer que tout ce qu'il dit, c'est la pure vérité.

— Oh, mon Dieu ! dis-je. Oh, mon Dieu, sauve-moi !

Pendant dix ou douze secondes je reste ainsi, les yeux clos, à attendre le miracle du salut. A ce moment-là Hilda, la vieille décatie, me touche l'épaule.

— Vous avez une petite cigarette ?

Je la lui donne.

— Vous avez de très beaux yeux, me dit-elle d'une voix douce.

— Merci.

— Il n'y a pas de quoi.

Je me lève. Je ne sais pas quoi faire. Sortir dans la rue ? M'enfermer dans ma chambre ? M'asseoir sous le porche ? Je finis par sortir dans la rue. Au nord ? Au sud ? Qu'importe ! J'avance jusqu'à Flagler Street puis je tourne à gauche, direction *west*, où habitent les Cubains. J'avance, j'avance, j'avance. Je passe devant des dizaines d'épiceries, de cafés, de restaurants, de salons de coiffure, de boutiques de vêtements, de magasins d'articles religieux, de fabriques de cigares, de pharmacies, de monts-de-piété. Tout cela est entre les mains de petits-bourgeois cubains arrivés quinze ou vingt ans auparavant, fuyant le régime communiste. Je m'arrête devant un miroir de vitrine et je coiffe avec mes doigts mes cheveux paille emmêlés. J'ai alors l'impression que quelqu'un me crie : "Fils de pute." Furieux, je tourne la tête. Sur le trottoir, il n'y a qu'un vieil aveugle qui marche à l'aide d'une canne. J'avance un peu plus dans Flagler Street. Ma dernière pièce de monnaie part dans une gorgée de café. Je vois une cigarette par terre. Je la ramasse et la porte à mes lèvres. Trois femmes qui travaillent dans une cafétéria se mettent à rire. Je crois qu'elles m'ont vu ramasser la cigarette, ce qui me met en rage. J'ai l'impression d'entendre l'une d'elles s'exclamer : "Le voilà ! C'est le Juif errant !" Je m'éloigne. Le soleil tape dur sur ma tête. De grosses gouttes de sueur coulent comme des lézards de ma poitrine et de mes aisselles. J'avance. J'avance. J'avance. Sans but précis. Sans rien chercher. En direction de nulle part. J'entre dans une église appelée Saint-Jean-Bosco. C'est silencieux, il y a l'air conditionné. Je regarde autour de moi. Trois fidèles prient au pied de l'autel. Une vieille femme s'arrête devant une statue de Jésus et lui touche les pieds. Puis elle prend un dollar et le glisse dans un tronc. Elle allume une bougie. Elle prie tout bas. Je marche dans une travée et m'assieds sur un banc, au fond de l'église. Je prends mon recueil de poètes romantiques anglais et l'ouvre au hasard. C'est un poème de John Clare, né en 1793 et mort en 1864, à l'asile de fous de Northampton.

Je suis, mais que suis-je, qui s'en soucie, qui le sait ?
Mes amis m'abandonnent, se perdent comme la mémoire.
Je suis le propre consommateur de mes chagrins qui vont et viennent – armée sans mémoire –, ombres de vie qui sont restées sans âme.

Je me lève. Je sors de l'église par l'arrière. De nouveau, je longe Flagler Street. Je passe devant de nouveaux salons de coiffure, de nouveaux restaurants, de nouvelles boutiques de vêtements, des pharmacies et des drogueries. J'avance. J'avance. J'avance. Mes os me font mal, mais j'avance encore. Enfin, je m'arrête sur la Vingt-Troisième Avenue. J'écarte les bras. Je regarde le soleil. C'est l'heure de rentrer au *boarding home*.

Je me suis réveillé. Un mois s'est écoulé depuis que je suis ici, au *boarding home*. Mon drap est le même, ma taie d'oreiller aussi. La serviette que M. Curbelo m'avait donnée le premier jour est aujourd'hui infecte, humide, elle pue la sueur. Je la jette sur mon épaule. Je vais à la salle de bains faire ma toilette et uriner. J'arrive. Je pisse sur une chemise à carreaux qu'un fou a jetée dans la cuvette. Ensuite je vais au lavabo et j'ouvre un robinet. Je me lave la figure à l'eau froide. Je m'essuie avec la serviette dégueulasse. Je reviens dans ma chambre et m'assieds sur mon lit. Le fou qui vit à côté de moi dort encore. Il dort nu et son sexe énorme a une érection. La porte s'ouvre et Josefina, la servante, entre. Elle pouffe en voyant le sexe du fou. "On dirait une lance", dit-elle. Elle appelle Caridad qui entre à son tour. Les deux femmes observent en silence le sexe du fou. Alors Caridad prend ma serviette crasseuse et en fait une cravache. Elle la lève et l'abat avec force sur le sexe du fou. Celui-ci bondit dans son lit en hurlant :

— On veut me tuer !

Les deux femmes éclatent de rire.

— Cache-nous cette trique, grossier personnage, lance Caridad. Je vais te la couper !

Les deux femmes sortent en parlant du sexe du fou.

— C'est une lance, répète Josefina, admirative.

Je sors derrière elles vers le réfectoire, où Arsenio sert le petit-déjeuner. J'avale vite un verre de lait froid et je vais au salon de télévision pour voir mon prédicateur favori.

Il y a une nouvelle folle assise devant l'appareil. Elle doit avoir mon âge. Son corps, bien qu'il semble outragé par la vie, garde encore quelques rondeurs. Je m'assieds à côté d'elle. Je regarde tout autour. Il n'y a personne. Ils sont tous en train de prendre leur petit-déjeuner. Je tends la main vers la folle et la pose sur son genou.

— Oui, mon ange, dit-elle sans me regarder.

Ma main monte jusqu'à ses cuisses. La fille se laisse faire sans protester. Je crois que le prédicateur de la télévision parle de Corinthiens, de Paul, de Thessaliens.

Ma main monte un peu jusqu'au sexe de la folle. Je le lui presse.

— Oui, mon ange, dit-elle sans quitter le téléviseur des yeux.

Je lui demande :

— Comment t'appelles-tu ?

— Francine, mon ange.

— Quand es-tu arrivée ?

— Hier.

Je commence à lui caresser le sexe avec mes ongles.

— Oui, mon ange, dit-elle. Tout ce que tu veux, mon ange.

Je m'aperçois qu'elle tremble de peur. Je renonce à la toucher. Elle me fait pitié. Je lui prends la main et l'embrasse.

— Merci, mon ange, dit-elle d'une toute petite voix étouffée.

Arsenio entre. Il a fini de servir le petit-déjeuner et vient vers le téléviseur avec sa sempiternelle canette de bière. Il boit. Il regarde la nouvelle folle avec amusement.

— Mafia, me dit-il alors. Comment trouves-tu la nouvelle acquisition ?

Il pose un pied déchaussé sur le genou de Francine. Puis il introduit le bout de ce pied entre les cuisses de la femme, en essayant de lui transpercer le sexe.

— Oui, mon ange, dit Francine, sans quitter le téléviseur des yeux. Tout ce que vous voudrez, mes anges.

Elle tremble. Elle tremble tant qu'elle donne l'impression que ses omoplates vont se déboîter. Le prédicateur parle d'une femme qui a eu une vision du paradis.

— Il y avait là des chevaux… dit-il. De paisibles chevaux qui paissaient sur une pelouse toujours tendre, toujours verte…

— Mafia ! lance Arsenio au prédicateur de la télévision. Même toi tu es de la mafia !

Il s'envoie une autre rasade de bière et s'en va.

Francine ferme les yeux, encore tremblante. Elle appuie sa tête sur le dossier du canapé. Je regarde tout autour, il n'y a personne. Je me lève et me jette sur elle, doucement. Je pose mes mains autour de son cou et je serre.

— Oui, mon ange, dit-elle les yeux fermés.

Je serre plus fort.

— Continue, mon ange.

Je serre plus fort. Son visage se colore d'un rouge intense. Ses yeux se remplissent de larmes. Mais elle reste ainsi, soumise, sans protester.

— Mon ange... mon ange, souffle-t-elle avec un filet de voix.

Alors j'arrête de serrer. Je respire à fond. Je la regarde. Encore une fois, elle me fait pitié. Je prends sa main décharnée et la couvre de baisers. De la voir ainsi, si vulnérable, j'ai envie de l'enlacer et de fondre en larmes. Elle reste immobile, la tête inclinée sur le dossier de son siège. Les yeux fermés. Sa bouche tremble. Ses joues aussi. Je m'en vais.

M. Curbelo est arrivé et discute au téléphone avec un ami.

Quand il est au téléphone, M. Curbelo renverse sa chaise en arrière et met les pieds sur son bureau. On dirait un sultan.

— La compétition, c'était hier, dit M. Curbelo à son ami dans l'appareil. J'ai décroché la seconde place. Cette fois, j'ai tiré avec un fusil à harpon extra. J'ai pêché une *guasa* de cinquante livres !

Là-dessus, Reyes, le vieux borgne, s'approche de Curbelo et lui demande une cigarette.

— Pfuit, pfuit ! M. Curbelo le chasse de la main. Tu ne vois pas que je suis en plein travail ?

Reyes recule jusqu'au couloir. Il se cache derrière une porte. Il regarde de tous les côtés avec son œil unique et, assuré que personne ne le voit, il sort son pénis et pisse par terre. C'est la vengeance de Reyes. Pisser. Les coups les plus brutaux peuvent s'abattre sur lui, il pissera toujours dans sa chambre, en plein salon ou sous le porche. Les gens se plaignent à M. Curbelo, mais celui-ci ne le renvoie pas du *boarding home*. Reyes, d'après lui, est un bon client. Il ne mange rien ; il ne réclame pas ses trente-huit pesos ; il n'exige ni serviette de toilette ni draps propres. Il sait seulement boire de l'eau, quémander des cigarettes et uriner. Je vais dans ma chambre et me jette sur mon lit. Je pense à Francine, la nouvelle petite folle que j'ai failli étrangler il y a quelques minutes. Je suis indigné contre moi-même en évoquant son visage sans défense, son corps tremblant, sa voix étouffée qui n'a jamais demandé grâce.

— Continue, mon ange, continue...

Mes sentiments envers elle sont un mélange confus de pitié, de haine, de tendresse et de cruauté.

Arsenio vient dans ma chambre et s'écroule sur une chaise près de mon lit. Il sort une canette de bière de sa poche et boit.

— Mafia... me dit-il, en regardant pardessus ma tête vers la rue. C'est quoi la vie, mafia ?

Je ne réponds pas. Je me redresse sur mon lit et regarde aussi par la fenêtre. Un homosexuel passe, habillé en femme. Un cabriolet noir grand sport passe ; la radio est allumée à plein volume. Le vacarme du rock envahit la rue pour quelques secondes. Puis il s'estompe à mesure que la voiture s'éloigne. Arsenio avance vers la commode du fou qui travaille à la pizzeria et se met à fouiller dans ses affaires. Il prend une chemise et un pantalon sales et les jette par terre. Il trouve un tiroir cadenassé, mais il sort un tournevis de sa poche et l'introduit entre le cadenas et le bois. Il tire énergiquement. Les vis cèdent. Arsenio ouvre le tiroir et fouille fébrilement parmi les papiers, les savonnettes et les brosses du fou. Il découvre enfin un portefeuille en cuir. Il l'ouvre et y prend un billet de vingt pesos. C'est ce que le fou a gagné en six jours de travail. Il me le montre, sourit, l'embrasse.

— Ce soir nous allons bien dîner, dit-il. De la pizza, de la bière, des cigarettes et du café.

Je reste seul. Je ne sais que faire. Je regarde par la fenêtre. Un groupe de dix ou douze prêtres passe ; leur soutane est d'un blanc immaculé. Un estropié passe avec ses béquilles en lançant des invectives contre un ivrogne. L'homosexuel habillé en femme passe de nouveau, cette fois, au bras d'un colosse noir. Des voitures, des voitures, encore des voitures ; les radios sont allumées à plein volume. Je sors de ma chambre sans but défini. M. Curbelo continue sa conversation avec son ami sur la compétition de la veille.

— Ils m'ont donné une médaille, dit-il. Je l'ai accrochée avec les autres au mur de mon salon.

La maison sent l'urine. Je vais m'asseoir devant le téléviseur, toujours à côté de Francine. Je lui prends la main. Je la baise. Elle me regarde avec un sourire tremblant.

— Tu lui ressembles, à lui, dit-elle.

— Qui c'est, lui ?

— Le papa de mon petit garçon, répond-elle.

Je me lève. Je l'embrasse sur le front. Je serre fort sa tête entre mes bras et je reste ainsi quelques minutes. Puis, quand je suis à court de tendresse, je la regarde avec irritation. L'envie me reprend de lui faire du mal. Je regarde tout autour. Il n'y a personne. Je porte mes mains à son cou et je commence à serrer lentement.

— Oui, mon ange, dit-elle avec un sourire tremblant.

Je serre davantage. Je serre durement, de toutes mes forces.

— Continue… continue… souffle-t-elle avec un filet de voix.

Alors, je la lâche. Elle a perdu connaissance et bascule sur le côté. Je prends sa tête entre mes mains et je couvre son front de baisers frénétiques. Peu à peu, elle reprend connaissance. Elle me regarde. Elle sourit faiblement. J'en ai assez.

Je sors. Je passe devant le bureau de M. Curbelo. Il a fini de parler au téléphone. Il m'appelle :

— William !

J'approche. Il prend un flacon de comprimés dans un tiroir et en extrait deux.

— Ouvre la bouche, ordonne-t-il.

Je l'ouvre. Il jette deux comprimés dedans : tac, tac.

— Avale, ordonne-t-il.

J'avale.

— Je peux m'en aller ?

— Oui. Va me chercher Reyes pour qu'il prenne aussi ses médicaments.

Je vais dans la chambre de Reyes. Il est allongé sur un drap imbibé d'urine. Dans sa chambre, ça pue les chiottes.

— Hé, cochon, dis-je en lui donnant un coup de poing dans le sternum. Curbelo veut te voir.

— Qui, moi ? Moi ?

— Oui, toi, immonde débris.

— Bien.

Je sors de sa chambre en me bouchant le nez. Je rentre dans la mienne et me jette sur mon lit. Je contemple le plafond bleu, écaillé, parsemé de minuscules cafards. Voici ma fin venue. Moi, William Figueras, qui ai lu Proust en entier à l'âge de quinze ans, Joyce, Miller, Sartre, Hemingway, Scott Fitzgerald, Albee, Ionesco, Beckett. Qui ai vécu vingt ans dans une révolution en étant bourreau, témoin, victime. Bien.

A cet instant, quelqu'un apparaît à la fenêtre de ma chambre. C'est le Noir.

— Tu dormais ?

— Non. J'arrive.

Je boutonne ma chemise, je me lisse les cheveux avec mes doigts et je sors dans le jardin.

— Dis donc, me fait le Noir en me voyant, si tu dormais, continue !

— Mais non. Ça va.

Nous nous asseyons sur des marches, au pied d'une porte close. Là nous nous serrons la main avec effusion. Je demande :

— Alors, quoi de neuf à Miami ?

— Toujours pareil, dit le Noir. Toujours pareil. Enfin ! se souvient-il tout à coup. Carlos Alfonso, le poète, est allé à Cuba. Il a passé deux semaines là-bas.

— Et qu'est-ce qu'il raconte ? Qu'est-ce qu'il raconte de Cuba ?

— Il raconte que c'est toujours pareil. Que les gens se baladent dans la rue en jeans. Tout le monde en jeans !

Cela me fait rire.

— Quoi d'autre ?

— Quoi d'autre ? Rien, répond le Noir. Toujours pareil. Tout est resté dans l'état où on l'a quitté il y a cinq ans. Sauf peut-être La Havane, plus démolie. Mais toujours pareil.

A cet instant, le Noir me fixe en me tapotant le genou.

— Willy, me dit-il. Partons d'ici !

Je lui demande :

— Pour aller où ?

— A Madrid. En Espagne. Allons voir le Barrio Gótico de Barcelone. Allons voir le Greco dans la cathédrale de Tolède !

Ça me fait rire.

— Un jour nous partirons, dis-je en riant.

— Avec cinq mille pesos, pas plus, dit le Noir. Cinq mille pesos ! Nous allons suivre les traces, toutes les traces, de Hemingway dans *The Sun Also Rises*.

— Un jour nous partirons, dis-je.

Nous gardons le silence quelques secondes. Un fou vient nous demander une cigarette. Le Noir la lui donne.

— Je veux voir où Brett… Tu te souviens de Brett Ashley, n'est-ce pas ? L'héroïne du *Soleil se lève aussi*.

— Oui, je m'en souviens, dis-je.

— Je veux voir l'endroit où Brett a mangé ; où Brett a dansé ; où Brett a baisé avec le torero, dit le Noir qui regarde à l'horizon, en souriant.

— Tu verras tout cela, dis-je. Un jour, tu le verras !

— Nous allons nous fixer un délai de deux ans, dit le Noir. Dans deux ans, nous partons pour Madrid.

— C'est bien, dis-je. Deux ans. C'est bien.

De nouveau, le Noir me fixe. Il me tapote le genou affectueusement. Je devine qu'il s'en va. Il se lève, prend dans sa poche un paquet de Marlboro presque plein et me le donne. Ensuite, il prend deux *quoras** et me les donne aussi.

— Ecris quelque chose, Willy, dit-il.

— J'essaierai.

Il rit. Il tourne les talons et s'éloigne. Au coin de la rue, il se tourne et me crie quelque chose. Cela ressemble au fragment d'un poème, mais je n'entends que les mots "poussière", "silhouette", "symétrie". Rien d'autre.

Je rentre dans le *boarding home*.

Dans ma chambre, je me jette encore une fois sur mon grabat et me rendors. Cette fois, j'ai rêvé que la révolution avait pris fin et que je revenais à Cuba avec un groupe de vieillards octogénaires. Un vieil homme à longue barbe blanche, muni d'une houlette, nous guidait. Nous nous arrêtions tous les trois pas et le vieux désignait de sa houlette un tas de décombres.

— Ici, c'était le cabaret *Sans-Souci*, disait le vieux.

Nous avancions un peu plus. Il poursuivait :

— Ici, c'était le Capitole national.

Il désignait un terrain d'herbes folles jonché de fauteuils brisés.

— Ici, c'était l'hôtel *Hilton*.

---

* *Quora*, de l'anglais *quarter* (pièce de vingt-cinq cents).

Le vieux désignait un amas de briques rouges.

— Ici, c'était le Paseo del Prado.

On voyait maintenant une statue de lion à demi enfouie dans la terre.

Nous avons sillonné ainsi La Havane. La végétation recouvrait tout, comme dans la ville ensorcelée de la Belle au bois dormant. Tout était enrobé dans l'atmosphère de silence et de mystère qu'avait dû trouver Colomb en débarquant pour la première fois sur le sol cubain.

Je me suis réveillé.

Il devait être 1 heure du matin. Je m'assieds au bord du lit ; je ressens un grand vide dans la poitrine. Je regarde par la fenêtre. Au coin de la rue, il y a trois homosexuels habillés en femme, qui attendent des hommes solitaires. Des voitures, conduites par ces hommes sans femmes, font lentement le tour du pâté de maisons. Je me lève, abattu. Je ne sais que faire. Le fou qui travaille à la pizzeria dort sous une grosse couverture, malgré la chaleur insupportable. Il ronfle. J'ai envie de lui sauter dessus et de le battre. Cependant, je décide de me rendre au salon et de m'asseoir dans le vieux fauteuil défoncé. Je sors. En passant devant la chambre d'Arsenio, j'entends la voix de Hilda, la vieille décatie, qui proteste parce que Arsenio lui farfouille le derrière.

— Du calme ! dit Arsenio.

Je les entends se débattre. J'arrive au fauteuil et je m'affale lourdement. Louie, l'Américain, est assis dans un coin sombre du salon.

— *Let me alone !* dit-il au mur, d'une voix déformée par la haine. *I'm going to destroy you ! Let me alone !*

De la chambre d'Arsenio me parvient de nouveau la voix désespérée de la vieille Hilda. Elle supplie :

— Pas par là. Pas par là.

Tato, l'ex-boxeur, surgit dans l'ombre ; il ne porte sur lui qu'un petit slip. Il s'assoit devant moi et me demande une cigarette. Je la lui donne. Il l'allume avec un briquet bon marché.

— Ecoute cette histoire, Willy, me dit-il en lâchant une volute de fumée. Ecoute cette histoire, elle va te plaire. Là-bas à La Havane, au temps de Jack Dempsey, il y avait un homme qui voulait être le justicier du genre humain. On l'appelait "Le solitaire du firmament étoilé", "Le roi des bas-fonds", "L'homme terrible".

Il se tait quelques secondes et révèle :

— Cet homme, c'était moi.

Il lâche un ricanement incohérent et répète :

— Est-ce qu'elle te plaît, mon histoire, Willy ?

— Oui.

— C'est l'histoire de la vengeance totale. De l'Humanité entière. De la douleur d'un homme. Tu te rends compte ?

— Oui.

— Bon, dit-il en se levant. Demain, je te raconterai le chapitre deux.

Il tire longuement sur sa cigarette et s'éclipse de nouveau dans les ténèbres.

Il fait chaud. J'enlève ma chemise et pose mes pieds sur une chaise défoncée. Je ferme les yeux, je rentre le menton dans ma poitrine et reste ainsi quelques secondes, submergé dans le vide incommensurable de mon existence.

Je prends un pistolet imaginaire et le porte à ma tempe. Je tire.

— *Fuck your ass !* hurle Louie à ses fantômes. *Fuck your ass !*

Je me lève. Je me dirige lentement vers ma chambre. Dans la pénombre, je vois deux cafards, gros comme des dattes, qui forniquent sur mon oreiller. Je prends ma serviette, la tords et l'abats avec force sur eux. Ils s'échappent. Je m'affale sur mon lit, jambes écartées. Je me touche le sexe. Depuis une année interminable, je n'ai pas pénétré une femme. La dernière fois, c'était une Colombienne folle que j'avais connue dans un hôpital. Je pense à la Colombienne. Je me rappelle aussi sa manière insolite de dégrafer son soutien-gorge devant moi, dans sa chambre, pour me montrer ses seins. Ensuite, je me rappelle sa manière éhontée de rabattre le drap qui la couvrait pour me montrer son sexe. Après, elle a lentement écarté les jambes et m'a dit : "Viens."

71

Moi j'avais peur, car les infirmières de l'hôpital ne cessaient d'aller et venir dans les chambres. Mais le sexe l'a emporté. Je suis entré en elle délicatement, doucement. Elle avait une belle bouche de pute.

Je me suis réveillé. Il fait jour. La chaleur est asphyxiante, mais le fou qui travaille à la pizzeria dort sous une grosse couverture qui pue l'animal crevé. Je le regarde avec haine. Je m'amuse quelques secondes en imaginant que j'abats une hache acérée sur sa tête carrée. Puis, quand ma haine commence à me ronger, je me lève, je cherche ma serviette crasseuse et une savonnette et me dirige vers la salle de bains. Elle est inondée. Quelqu'un a fourré un blouson de cuir dans la cuvette. Le sol est plein d'excréments, de papier et d'autres immondices. Je me dirige vers la seconde salle de bains, dans l'autre couloir du *boarding home*. Ils sont tous là à attendre : René, Pepe, Hilda, Ida, Pedro et Eddy. Quant à Louie, l'Américain, il est enfermé à l'intérieur depuis une heure et ne veut pas sortir. Eddy cogne à la porte très fort. Mais Louie n'ouvre pas. De l'intérieur, il gueule :

— *Fuck ! Go to fuck !*

Alors Pepe, le plus âgé des deux arriérés mentaux, pousse un cri atroce, baisse son pantalon et défèque sur place, dans le couloir, au vu et au su de tout le monde. Eddy, le fou expert en politique internationale, se remet à donner des coups de pied dans la porte.

— *Let me alone, chicken !* crie Louie de l'intérieur.

Je m'éloigne. Je sors dans le jardin pour uriner derrière un aréquier. Ensuite, je me lave les mains et le visage à une fontaine scellée dans le mur. Je rentre dans le *boarding home*. Je constate que le tapage continue à la salle de bains. Je vais dans cette direction et j'arrive au moment où Eddy, l'expert en politique internationale, se précipite de tout son corps contre cette porte et la défonce, en faisant sauter la serrure. Louie, l'Américain, est assis sur la cuvette et se torche le derrière avec un imperméable.

— C'est lui ! crie Eddy. C'est lui qui fout des vêtements et des cartons dans les cuvettes des W.-C. !

Louie hurle comme une bête aux abois. Il enfile son pantalon en vitesse et se jette sur Eddy ; il lui administre un énorme coup de poing sur la bouche. Eddy s'écroule, la bouche en sang. Louie se fraie un chemin en bousculant les fous et sort du tumulte en direction du salon. Il hurle comme un loup affolé.

— *Go for corn, chickens !* dit-il du salon.

Il ouvre violemment la porte, pousse un autre juron et sort dans la rue en claquant la porte si fort que trois ou quatre vitres volent en éclats.

— Fils de chienne ! crie Eddy, la bouche en sang. Là tu n'y couperas pas, tu vas te faire virer.

Ida, la grande dame déchue, s'approche de moi, l'air indigné et me dit sur un ton confidentiel :

— Curbelo ne va pas le virer. Tu n'as pas vu que Louie reçoit tous les mois un chèque de six cents pesos ? C'est le meilleur client de la maison. Il a beau être un fou assassin, il ne se fera jamais virer.

Arsenio vient dans la salle de bains. Les cris des fous l'ont réveillé. Il a les yeux vitreux et ses cheveux raides comme des baguettes, longs et hérissés, lui font comme un énorme casque en fer. Il regarde d'un air indifférent le sang par terre, la grosse cochonnerie de Pepe, l'imperméable fourré dans la cuvette. Rien de nouveau. Tout cela fait partie de la vie quotidienne du *boarding home*. Il gratte sa robuste poitrine. Il crache par terre. Il éructe. Il hausse les épaules et s'écrie :

— Vous alors, quelle bande de brutes !

Il tourne le dos à tout le monde et sort lentement vers le salon. Là, il crie à tue-tête :

— Petit-déjeuner !

Les fous se bousculent pour le suivre au réfectoire. Je n'ai pas envie de boire du lait froid. J'ai besoin de café. Je fouille dans mes poches. J'ai seulement un *dime*. Je vais dans ma chambre et m'arrête devant le lit du fou qui travaille à la pizzeria. Je prends sa chemise au-dessus de l'armoire et je fouille dans ses poches. Puis je prends son

74

pantalon et je fais de même. Je trouve un *quora* et un demi-paquet de cigarettes. Je fourre le tout dans ma poche et je vais à la cafétéria du coin. En chemin, je croise Louie, l'Américain, qui fouille avidement dans une poubelle. Un peu plus loin, en pleine rue, Hilda, la vieille décatie, retrousse sa robe et urine près d'un arrêt d'autobus. Là, sur le banc, somnole un jeune vagabond dont la tête repose sur un sac à dos crasseux. Deux chiens énormes traversent la rue en direction de Flagler Street. Les voitures roulent à toute allure vers *downtown*. J'arrive à la cafétéria et commande un café. On me le sert froid parce qu'on sait que j'habite au *boarding home* et que je ne me plaindrai pas. Je peux protester mais je ne le fais pas. Je paie et je m'en vais. C'est l'heure d'écouter mon prédicateur. Si bien que j'allume le téléviseur et m'affale dans le fauteuil défoncé. Le prédicateur apparaît sur l'écran. Il parle d'une star du rock-and-roll qui, en plein concert, a jeté sa guitare et s'est exclamée : "Sauve-moi, Seigneur !"

— C'est une star connue, ajoute le prédicateur... Pas besoin de citer les noms. Mais cet homme... encore jeune, las des faux-semblants, excédé du mensonge de la vie, a jeté sa guitare et s'est écrié : "Sauve-moi !" Moi j'ai dit : Satan, immondice des ténèbres... cet homme qui a invoqué le Très Haut, tu ne le tromperas plus ! Alléluia !

Le prédicateur pleure. Son auditoire pleure aussi.

— Il est encore temps… annonce le prédicateur. Il est encore temps de venir au Seigneur.

Alors un fort parfum d'eau de Cologne parvient jusqu'à moi. Je tourne la tête et je vois Francine, la nouvelle petite folle, assise derrière mon dos. Elle s'est soigneusement maquillée et porte une légère robe bleue qui lui donne une allure juvénile. Elle est très bien coiffée. Elle a une peau propre et fraîche. J'observe ses jambes. Elles sont encore belles. Je me lève et vais vers elle. Je lui prends les mains et les examine avec soin. Elles sont fines et propres, bien que ses ongles soient trop longs et peu soignés. Alors je lui ouvre la bouche avec mes doigts. Il ne lui manque que quelques molaires. Je regarde tout autour et ne vois personne. Les fous prennent encore leur petit-déjeuner. Je m'agenouille par terre et lui lève la jupe. Je plonge ma tête entre ses jambes. Elle sent bon. Je la fais asseoir de nouveau sur sa chaise. Je la déchausse et examine ses pieds. Ils sont petits, roses et sentent bon aussi. Je me relève. Je la prends dans mes bras. Je l'embrasse dans le cou, sur les oreilles, sur la bouche.

— Francine, dis-je. Oh, Francine !

— Oui, mon ange, dit-elle.

— Oh, Francine !

— Oui, mon ange, oui…

Je la prends par la main et l'emmène vers sa chambre. C'est le quartier des femmes ; il y a un verrou à l'intérieur. Nous entrons. Je pousse le verrou. Je la conduis doucement vers le lit et je la déchausse.

— Oh, Francine ! dis-je en lui baisant les pieds.

— Oui, mon ange.

Précipitamment, je lui enlève sa culotte. je lui écarte les jambes. Elle a une jolie toison châtaine. Je l'embrasse avec ardeur. Tout en l'embrassant, j'extirpe mon sexe palpitant. Je sais que j'éjaculerai dès que je l'aurai fourré dans le sien. Mais ça m'est égal.

— Francine... dis-je. Oh, Francine !

Je la pénètre lentement. Ce faisant, je l'embrasse désespérément sur la bouche. Alors mon corps frémit jusqu'à la racine de ses os, une vague de lave sort de mes entrailles et l'inonde à l'intérieur.

— Oui, mon ange... dit Francine.

Je reste là, comme mort, l'oreille collée à sa poitrine. Je sens que sa main fragile me tapote le dos, comme si j'étais un nourrisson qui aurait avalé de travers en tétant.

— Oui, mon ange, oui...

Je m'extirpe. Je m'assois au bord du lit. Je porte ma main à son cou très fin et je serre lentement.

— Oui, mon ange, oui...

Je ferme les yeux. Je respire à fond. Je serre un peu plus.

— Oui… oui…

Je serre davantage. Jusqu'au moment où son visage se colore d'un rouge intense et que ses yeux, de nouveau, se remplissent de larmes. Alors j'arrête de serrer.

— Oh, Francine ! dis-je, en l'embrassant doucement sur la bouche.

Je me relève et arrange mon pantalon. Elle arrange ses vêtements, saute du lit à son tour et cherche ses chaussures du bout des pieds. Je quitte la chambre et retourne à mon fauteuil défoncé pour regarder encore mon prédicateur. C'est la fin de l'émission. L'homme, devant un piano, chante un blues avec une splendide voix de Noir.

Il y a une seule voie.
Il n'est pas facile d'arriver.
Oh, Seigneur !
Je sais
Je sais
Je sais qu'il n'est pas facile d'arriver jusqu'à toi.

M. Curbelo est arrivé à 10 heures. Il va tout droit à la cuisine où l'attendent Caridad, Josefina et une autre employée dite la Tatie qui, à l'occasion, se charge de faire la toilette des anormaux Pepe et René. Ils sont en conciliabule. Du porche, je vois Curbelo parler avec autorité à ses employées. Ensuite, il frappe dans ses mains et ils se dispersent tous. Soudain, c'est le branle-bas de combat. Arsenio se précipite dans les chambres pour déposer de grands rouleaux de papier hygiénique au pied des lits. Caridad la mulâtresse envoie Pino, le fou, aux commissions, rapporter d'urgence de l'épicerie un morceau de jambon pour la soupe. Josefina, armée d'un plumeau, s'affaire dans les chambres pour enlever les toiles d'araignée du plafond et des encoignures. La Tatie, chargée de draps et de serviettes propres, se dépêche dans les couloirs pour changer la literie sale et pisseuse. Curbelo lui-même, qui se déplace avec agilité dans le salon, étend sur le sol souillé et délabré des tapis neufs, apportés d'urgence de chez lui.

— Inspection ! dit la Tatie en passant près de moi. Aujourd'hui on a une inspection officielle !

On met des nappes sur les tables, on installe une fontaine d'eau froide, on distribue des vêtements propres aux cas les plus terrifiants, comme Reyes, Castaño et Hilda. On verse du parfum sur les vieux meubles imprégnés de sueur rance ; on pose sur la table du réfectoire des couverts neufs enveloppés dans de fines serviettes en tissu devant chaque chaise.

— Vieux renard ! dit à côté de moi Ida, la grande dame déchue, qui observe avec haine la façon dont Curbelo ordonne, arrange, nettoie, déguise. Lui, c'est ce qu'il y a de plus repoussant ici.

C'est bien mon avis. Moi aussi, j'observe avec haine ce vieillard flasque, à la figure et à la voix de grand bourgeois, qui se nourrit du peu de sang qui coule dans nos veines. Moi aussi, je pense que pour être propriétaire de ce *boarding home* il faut être fait de la pâte des hyènes ou des vautours.

Je me mets debout. Je ne sais pas quoi faire. Lentement, je me dirige vers ma chambre pour prendre mon recueil de poètes anglais. Je vais relire les poèmes de John Clare, le poète fou de Northampton. Dans le couloir qui mène à ma chambre je rencontre Reyes, le vieux borgne ; il urine dans un coin comme un chien effrayé. Au passage, je lève ma main et la laisse tomber avec force sur son épaule squelettique. Il frémit d'épouvante.

— Pitié… dit-il. Par pitié…

Je le regarde, écœuré. Son œil artificiel est imprégné d'une chassie jaunâtre. Tout son corps empeste l'urine. Je lui demande :

— Quel âge as-tu ?

— Soixante-cinq ans.

— Que faisais-tu avant, à Cuba ?

— J'étais vendeur dans une boutique de mode.

— Tu vivais bien ?

— Oui.

— De quelle manière ?

— J'avais ma maison, ma femme, une voiture…

— Quoi d'autre ?

— Le dimanche, je jouais au tennis au Habana Yacht-Club. Je dansais. J'allais dans des réceptions.

— Crois-tu en Dieu ?

— Oui. Je crois en Notre-Seigneur Jésus-Christ.

— Iras-tu au ciel ?

— Je crois que oui.

— Est-ce que tu pisseras aussi, là-haut ?

Il se tait. Puis il me regarde avec un sourire douloureux.

— Je ne pourrais pas m'en empêcher, répond-il.

De nouveau, je lève le poing et le laisse tomber sur sa tête sale et dépeignée. J'ai envie de le tuer.

— Aie pitié, mon petit, me dit-il en exagérant son angoisse. Aie pitié de moi.

— Quelle chanson préférais-tu quand tu étais jeune ?

— *Blue Moon*, répond-il sans hésiter.

Je ne parle plus. Je lui tourne le dos et je vais dans ma chambre. J'arrive à mon lit et je cherche sous l'oreiller mon recueil de poètes romantiques anglais. Je le mets dans ma poche. Je me dirige vers le porche. En passant devant la chambre des femmes, je vois Francine assise sur son lit. Elle dessine quelque chose sur une feuille de papier. Je m'approche. Elle s'arrête et me regarde avec un triste sourire.

— C'est une horreur, dit-elle en me montrant son travail.

Je le prends. C'est un portrait de M. Curbelo. Il est dessiné dans le style des peintres primitifs. C'est très bon. Le portrait reflète admirablement la mesquinerie et la petitesse spirituelle du personnage. Elle n'a pas oublié de dessiner le bureau, le téléphone et le paquet de Pall Mall que Curbelo a toujours sur sa table. Tout est exact. C'est plein de vie. De cette vie enfantine, captivante, que seul un primitif peut transmettre dans ses dessins.

— J'en ai d'autres, dit-elle en ouvrant un carton.

Je les prends tous. Je les feuillette et lui dis :

— C'est admirable !

Les voici (nous voici), tous les habitants du *boarding home*. Il y a Caridad, la mulâtresse dont les traits durcis recèlent encore un éclair lointain de bonté. Il y a Reyes, le borgne, avec son œil de verre et son sourire de renard. Il y a Eddy, le fou versé en politique internationale, avec son éternelle expression d'impuissance et de rage contenue. Il y a Tato, avec sa tête de boxeur groggy et son regard égaré. Il y a Arsenio et ses yeux diaboliques. Et il y a moi, avec un visage dur et triste à la fois. C'est admirable ! Elle a su capter l'âme de nous tous.

— Sais-tu que tu es un bon peintre ?

— Non, dit Francine. Je manque de technique.

— Mais non. Tu es déjà un peintre. Ta technique est primitive, mais très bonne.

Elle récupère ses dessins et les range dans le carton.

— C'est des horreurs, dit-elle avec un triste sourire.

— Tu sais… dis-je en m'asseyant auprès d'elle. Je te jure que… écoute-moi bien : laisse-moi te dire ceci et je te demande de me croire. Tu es un peintre formidable, oui, tu l'es. C'est moi qui te le dis. Je me trouve ici, dans ce *home* répugnant et je suis presque un spectre. Mais sache que je m'y connais en peinture. Tu es remarquable. Tu sais qui est le Douanier Rousseau ?

— Non, dit-elle.

— Eh bien tu n'as pas besoin de le savoir. Tu as une technique similaire. As-tu déjà fait de la peinture à l'huile ?

— Non.

— Apprends la peinture à l'huile. Donne de la couleur à ces dessins, tu entends ? dis-je en la prenant par le cou énergiquement. Tu peins bien. Très, très bien.

Elle sourit. Ma main serre un peu plus fort et ses yeux se remplissent de larmes. Mais elle sourit toujours. Une bouffée de désir m'envahit. Je la lâche. Je vais à la porte de sa chambre et, de nouveau, je pousse le verrou. Doucement, je m'approche d'elle et je couvre de baisers ses bras, ses aisselles, sa nuque. Elle sourit. Je l'embrasse longuement sur la bouche. Encore une fois, je l'allonge sur le lit et je sors mon pénis. Je la pénètre lentement, en écartant des doigts sa culotte minuscule.

— Tue-moi, dit-elle.

Je lui demande, en m'enfonçant totalement en elle :

— Tu veux vraiment que je te tue ?

— Oui, tue-moi, dit-elle.

Je porte ma main à son cou et je serre, très fort.

— Salope ! dis-je tandis que je l'étrangle et la pénètre en même temps. Tu es un bon peintre. Tu dessines bien. Mais tu dois apprendre à donner de la couleur. De la cou-leur.

— Aïe ! dit-elle.

— Meurs ! dis-je.

Je sens que, une fois de plus, je me dilue doucement entre ses jambes. Nous demeurons ainsi un moment, à bout de souffle. Moi, j'embrasse sa main froide, elle joue avec mes cheveux. J'arrange ma chemise. Elle ajuste sa robe et s'assied au bord du lit. Je lui demande :

— Veux-tu faire un tour avec moi ?

— Où ça, mon ange ?

— Par là !

— Bon.

Nous sortons. Dans la rue, Francine se colle à moi et me prend le bras.

— Où allons-nous ? demande-t-elle.

— Je ne sais pas.

Je regarde dans tous les sens, puis j'indique d'un geste vague la direction d'un quartier appelé La Pequeña Habana. Nous marchons. C'est sans doute la zone la plus pauvre du ghetto cubain. C'est ici que vivent la plupart des cent cinquante mille personnes qui avaient débarqué sur les côtes de Miami lors du dernier exode spectaculaire de 1980. Ils ne sont pas encore tirés d'affaire et on peut les voir à toute heure, assis sur le pas de leur porte ; ils sont vêtus de shorts, de tee-shirts bariolés et coiffés de casquettes de basketteurs. Ils ont au cou de grosses chaînes en or avec des médailles de saints, d'Indiens et d'étoiles. Ils boivent de la bière en canette. Ils rafistolent leurs voitures à moitié démantibulées et écoutent, sur leurs transistors, des heures durant, des rocks tonitruants ou des solos de tambour exaspérants.

Nous marchons. Dans la 8e Rue, nous tournons à droite et avançons vers le cœur du ghetto. Des épiceries, des boutiques de vêtements, des magasins d'optique, des salons de coiffure, des restaurants, des cafés, des monts-de-piété, des commerces d'ameublement. Le tout fait mesquin, carré, simple, dépourvu d'artifices architecturaux, sans guère de soucis esthétiques. C'est prévu pour gagner des sous afin de mener à grand-peine le médiocre train de vie petit-bourgeois auquel aspire le Cubain moyen.

Nous avançons. Nous avançons. Arrivés devant le portail d'une église baptiste, grande et grise, nous nous asseyons au pied d'un pilier. Nous voyons passer dans la rue une manifestation de vieillards qui se dirige vers *downtown*. Ils protestent pour quelque chose que j'ignore. Ils brandissent des pancartes qui proclament : *"Basta ya"* ; ils font ondoyer des drapeaux cubains et américains. Quelqu'un nous aborde et nous tend à chacun une feuille dactylographiée. Je lis : "L'heure a sonné. Le groupe «Cubains Vengeurs» s'est constitué à Miami. Dès aujourd'hui, tenez-vous prêts, vous les gens indifférents et à courte vue, vous les communistes planqués ; ceux qui prennent du bon temps dans cette ville bucolique et hédoniste, tandis que Cuba, pauvre pays, gémit dans ses chaînes. Le groupe «Cubains Vengeurs» montrera aux Cubains le chemin à suivre. «Cubains Vengeurs»…"

Je froisse le papier et le jette. Je ris. Je m'adosse à un pilier et regarde Francine. Elle vient plus près de moi et m'enfonce son épaule dans les côtes. Elle prend mon bras et le passe sur son épaule. Je l'enlace et lui donne un baiser sur la tête.

— Mon ange, dit-elle. Tu as été communiste dans le temps ?

— Oui.

— Moi aussi.

Nous nous taisons. Puis elle dit :

— Au commencement.

J'appuie ma tête contre le pilier et fredonne un vieil hymne des premières années de la révolution :

Nous sommes les brigades Conrado Benítez
Nous sommes l'avant-garde de la révolution

Elle complète :

Nous brandissons notre livre vers notre but exprès :
Porter dans Cuba tout entier l'alphabétisation...

Nous éclatons de rire.

— Moi j'ai appris à lire à cinq paysans, avoue-t-elle.

— Ah oui ? Où ça ?

— Dans la Sierra Maestra. Dans un hameau qu'ils appelaient El Roble.

— J'étais tout près, dis-je. J'instruisais d'autres paysans à La Plata. Trois montagnes plus loin.

— Ça fait combien de temps, mon ange ? Je ferme les yeux.

— Vingt-deux... vingt-trois ans, dis-je.

— Personne ne comprend rien à cette histoire, dit-elle. Moi je la raconte au psychiatre et il se contente de me donner des comprimés d'Etrafón fort. Vingt-trois ans, mon ange ?

Elle pose sur moi un regard las.

— Je me sens vidée, dit-elle.

— Oui, moi aussi.

Je la prends dans mes bras et nous nous levons. Une voiture noire décapotable passe devant nous. Un adolescent de Miami sort sa tête par la fenêtre et nous crie :

— Ordures !

Je lui montre le plus long doigt de ma main. Puis je serre la main de Francine et nous prenons le chemin du retour vers le *boarding home*. J'ai faim. J'aimerais manger, au moins, une escalope panée. Mais on n'a pas un sou.

— Moi j'ai deux *dimes*, dit Francine en dénouant un mouchoir.

— Ça ne sert à rien, dis-je. Dans ce pays, tout coûte plus cher que vingt-cinq centavos.

Néanmoins, nous nous arrêtons devant une cafétéria du nom de *La Libertaria*.

— C'est combien, cette escalope panée ? demande Francine à un vieil employé qui a l'air de s'ennuyer derrière son comptoir.

— Cinquante centavos.

— Ah !

Nous lui tournons le dos. Nous faisons quelques pas, puis l'homme nous appelle.

— Vous avez faim ?

Je réponds :

— Oui.

— Vous êtes cubains ?

— Oui.

— Mari et femme ?

— Oui.

— Entrez, je vais vous donner à manger.

Nous entrons.

— Je m'appelle Montoya, dit l'homme tout en coupant deux grandes tranches de pain qu'il garnit de fromage et de jambon. Moi aussi j'en ai vu de toutes les couleurs dans ce pays. Ne le dites à personne, mais ce pays est dé-vo-ra-teur. Je lui suis très reconnaissant, mais j'admets qu'il est dé-vo-ra-teur. Je suis Montoya ! dit-il encore en ajoutant deux grosses rondelles de concombre entre les tartines. Je suis un vieux révolutionnaire. J'ai été en prison sous toutes les tyrannies que Cuba a subies. En 1933, en 1955 et maintenant, la dernière, sous le marteau et la faucille.

Je lui demande :

— Anarchiste ?

— Anarchiste, avoue-t-il. Toute ma vie. A lutter contre les Yankees et contre les Russes. Maintenant, je me suis bien calmé.

Il pose les deux sandwiches sur le comptoir et nous invite à manger. Puis il prend deux Coca-Cola et les pose devant nous.

— En soixante et un, dit-il en s'accoudant au comptoir, moi, Rafael Porto Penas, Estrada le Boiteux et le défunt Manolito Ruvalcaba, nous nous sommes trouvés dans la même automobile que Fidel Castro. Moi j'étais au volant. Fidel n'avait pas de gardes du corps. Estrada le Boiteux le regarda droit dans les yeux et lui demanda :

"Fidel... est-ce que tu es communiste ?" Fidel répondit : "Mes amis, je vous jure sur la tête de ma mère que je ne suis pas communiste et ne le serai jamais." Vous vous rendez compte, ce type !

Nous rions.

— L'histoire de Cuba reste à écrire, dit Montoya. Le jour où je l'écrirai, le monde va s'écrouler !

Il s'éloigne vers deux clients qui viennent d'entrer ; Francine et moi, nous en profitons pour manger nos sandwiches. Pendant quelques minutes, nous mangeons et nous buvons en silence. Lorsque nous avons terminé, Montoya est là, devant nous.

— Merci, lui dis-je.

Il me tend la main. Ensuite, il la donne à Francine.

— Allez à Homestead ! dit-il ensuite. Là ils ont besoin de gens pour la récolte des tomates et des avocats.

Je le remercie encore une fois.

— Nous irons peut-être.

Nous sortons. Nous marchons vers la 1re Rue. En chemin, une grande idée me trotte dans la tête :

— Francine, dis-je en m'arrêtant à la hauteur de la Sixième Avenue.

— Oui, mon ange.

Je m'adosse contre un mur et l'attire doucement à moi.

— Francine, Francine… Je viens d'avoir une idée magnifique.

— Laquelle ?

— Quittons le *boarding home* ! dis-je, en la serrant contre moi. Avec ce que nous touchons tous les deux de la Sécurité sociale, nous pouvons nous installer dans un logement modeste et nous pourrions même gagner un peu plus grâce à des petits boulots.

Elle me regarde, stupéfaite par mon idée. Son menton et sa bouche tremblent légèrement. Elle est émue.

— Mon ange ! Et je peux faire venir mon petit enfant du New Jersey ?

— Bien sûr !

— Tu m'aideras à l'élever ?

— Oui !

Elle me serre les mains très fort. Elle me regarde avec un sourire tremblant. Elle est tellement émue que pendant quelques secondes elle ne sait que dire. Puis elle blêmit. Ses yeux se révulsent, elle s'évanouit dans mes bras et tombe. Je la relève :

— Francine... Francine ! Qu'est-ce qui t'arrive ?

Je lui donne quelques tapes sur la figure. Lentement, elle revient à elle.

— Trop de bonheur, mon ange... Trop de bonheur !

Elle me serre contre elle. Je la regarde. Ses lèvres, ses joues, son visage, tout tremble intensément. Elle fond en larmes.

— Ça ne marchera pas, dit-elle. Ça ne marchera pas.

— Pourquoi ?

— Parce que je suis folle. Je suis obligée de prendre tous les jours quatre comprimés d'Etrafón fort.

— Je te les donnerai.

— J'entends des voix, dit-elle encore. J'ai l'impression que tout le monde parle de moi.

— Moi aussi, dis-je. Au diable les voix !

Je la prends par la taille. Lentement, nous marchons vers le *boarding home*. Une voiture moderne nous frôle. Un individu à la barbe clairsemée et aux lunettes de soleil sort la tête par la fenêtre et me lance :

— Plaque-la, mon gars !

Nous avançons. Pendant ce temps, je réfléchis aux démarches à faire. Demain, le premier du mois, nos chèques de la Sécurité sociale arrivent. J'irai trouver Curbelo et je lui demanderai le mien et celui de Francine. Ensuite, nous ferons nos valises, j'appellerai un taxi et nous chercherons un appartement. Pour la première fois depuis de longues années, une petite lueur d'espoir fait irruption dans le vide immense de mon cœur. Sans m'en apercevoir, je souris.

Nous entrons dans le *boarding home* par le porche arrière, encerclé de sombres toiles métalliques. Les fous, qui viennent de dîner, font là leur digestion, assis sur les chaises en bois. A l'intérieur, nous nous séparons Francine et moi. Elle va dans sa chambre, moi dans la mienne. Je chante une vieille chanson des Beatles, *Nowhere Man*.

> *He's a real nowhere man*
> *Sitting in his nowhere land.*

Hilda, la vieille décatie, croise mon chemin et me demande une cigarette. Je la lui donne. Ensuite, je prends son visage entre mes mains et j'applique un baiser sur sa joue.

— Merci ! me dit-elle surprise. C'est le premier baiser que l'on me donne depuis très, très longtemps.

— Tu en veux un autre ?

— D'accord.

Je l'embrasse sur l'autre joue.

— Merci, mon gars.

Je poursuis mon chemin en chantant *Nowhere Man*. J'arrive dans ma chambre. Le fou qui travaille à la pizzeria est dans son lit, en train de faire ses comptes.

Je l'interpelle :

— Dis donc, j'ai besoin que tu me donnes un dollar.

— Un dollar, monsieur William ? Mais vous êtes fou !

Je lui arrache le portefeuille des mains. J'y trouve un dollar et le prends. Le fou se met à geindre :

— Rends-moi mon portefeuille.

Je le lui rends et passe mon bras sur son épaule dans un geste affectueux en lui disant :

— Un dollar, mon vieux. Un misérable dollar.

Il me regarde. Je lui souris. Je l'embrasse sur la figure. Il se met à rire à son tour.

— OK, monsieur William, dit-il.

— Demain je te rembourserai.

Je vais au coin de la rue acheter un quotidien pour y consulter les petites annonces

afin de trouver un appartement convenable pour Francine et pour moi. Un
appartement tout simple, à deux cents
pesos, pas plus. Je suis joyeux. Oh, bor-
del, je crois que je suis joyeux. Laisse-moi
dire "je crois". Laisse-moi ne pas tenter le
diable ni attirer sur moi la Furie et la Fata-
lité. J'arrive au bazar du coin. Je prends
un journal sur le présentoir. Je paie avec
le dollar.

— Vous avez une dette en suspens, dit
la patronne du bazar. Cinquante centavos.

— Moi ? Depuis quand ?

— Ça fait un mois. Vous ne vous rappe-
lez pas ? Un Coca-Cola.

— Oh, je vous en prie ! Dire qu'une
femme aussi jolie que vous me raconte
une chose pareille. Il s'agit sûrement d'une
erreur.

Quand je lui déclare qu'elle est jolie, elle
sourit.

— Je dois me tromper, dit-elle alors.

— Sûrement.

Je la regarde en souriant. Je peux encore
séduire une femme. C'est facile. Il suffit de
s'en donner la peine.

— Pourquoi ne pas vous teindre les
cheveux en blond ? dis-je en continuant sur
le même ton. Si vous étiez teinte en blonde,
vous feriez mille fois plus d'effet.

— Ah, vous croyez ? demande-t-elle en
se passant la main dans les cheveux.

— Sûrement.

Elle ouvre son tiroir-caisse. Elle y range le dollar. Elle me rend soixante-quinze centavos.

— Merci, dis-je.

— C'est moi qui te remercie. Pour le Coca, ça doit être une erreur.

— Sûrement.

Je m'éloigne, mon journal sous le bras, en chantant tout bas *Nowhere Man*. En passant devant un Noir qui se tient sur le pas de sa porte et me regarde d'un air sinistre, je lui lance :

— Salut, mon pote !

Il sourit.

— Putain, voilà le maigre. Comment vas-tu ? Qui es-tu ?

Je lui réponds :

— Le maigre. Personne d'autre que le maigre.

— Merde alors, eh bien je me réjouis d'avoir un copain de plus. Moi, c'est Filet mignon. Je suis arrivé en bateau il y a cinq ans. Je suis à ta disposition. Tu es ici chez toi.

— Merci, dis-je. Merci, Filet mignon.

— Eh bien, maintenant tu le sais, dit Filet mignon, le poing levé en guise de salut.

Je me dirige vers le *boarding home*. En passant devant une maison entourée d'une haute clôture, un chien noir, énorme, se précipite vers moi en aboyant furieusement. Je m'arrête. Avec précaution, je tends la main

95

par-dessus la clôture et je lui caresse la tête.
Le chien aboie une fois de plus, médusé.
Ensuite, il s'assoit sur ses pattes de derrière
et se met à me lécher la main. Maître de la
situation, je me penche par-dessus la clôture et je lui donne un baiser sur le museau.
Je poursuis ma route. En arrivant au *boarding home*, je vois Pedro, un Indien silencieux qui ne parle jamais à personne. Il est
assis sur le pas de la porte.

— Pedro, lui dis-je, tu veux prendre un
café ?

— Oui.

Je lui donne un *quora*.

— Merci, dit-il avec un sourire.

C'est la première fois que je vois Pedro
sourire.

— Je suis péruvien, dit-il. Du pays du
condor.

J'entre. Je passe dans le quartier des femmes et je pousse doucement la porte. Francine
est sur son lit, en train de dessiner. Je m'assieds près d'elle et je lui embrasse la figure.
Elle laisse son dessin et me prend le bras.

— Allons chercher un appartement, lui
dis-je.

Je jette un coup d'œil sur la une du journal.

PÉKIN REJETTE LES IDÉES
DE MARX POUR LEUR ARCHAÏSME

LES PIRATES DE L'AIR VONT TUER D'AUTRES OTAGES

LA FEMME QUI AVAIT TUÉ SON MARI, GRACIÉE

J'en ai assez. Je cherche fébrilement la page des petites annonces et je lis : "Appartement meublé. Deux chambres. Terrasse. Moquette. Piscine. Eau chaude gratuite. Quatre cents pesos."

— Celui-là, mon ange ! s'écrie Francine.

— Non. Il est trop cher.

Je cherche encore. Je lis toute la colonne des locations ; finalement, je pointe du doigt :

— Celui-ci.

C'est à l'angle de Flagler et de la Seizième Avenue. Il coûte deux cent cinquante pesos. Il faut rencontrer personnellement la propriétaire. Une dame du nom de Haidee qui reçoit de 9 heures à 6 heures de l'aprèsmidi. Il est 3 heures.

— J'y vais tout de suite, dis-je à Francine.

— Oh, mon Dieu ! dit-elle en se serrant contre moi.

Je lui demande, en me lissant les cheveux avec les doigts :

— Est-ce que je présente bien ?

— Pour moi, tu présentes bien, répondelle.

— Alors, je vais rencontrer cette femme. Je me lève.

— Mon ange, dit Francine en farfouillant dans son tiroir, prends ça et mets-le sous ta langue au moment de parler avec cette dame. Ça ne rate jamais.

— C'est quoi ?

— Un bâton de cannelle, dit-elle. C'est un porte-bonheur.

Je le prends et le range dans ma poche.

Je lui assure que je le ferai. Je lui baise la main. Je sors dans la rue. En passant devant Pepe, le plus vieux des deux arriérés, je prends sa tête chauve entre mes mains et j'y pose un baiser. Il me prend la main.

— Tu m'aimes, mon petit ? dit-il.

— Bien sûr que oui !

— Merci mon petit, dit-il, ému.

— Et moi ? Et moi ? dit René, l'autre arriéré, assis sur sa chaise.

— Toi aussi, dis-je.

Il se met debout, s'approche de moi en traînant les pieds et m'étreint avec force. Ensuite, il rit bruyamment.

— Et moi, William ? fait Napoléon, le nain colombien. Tu m'aimes, moi ? Suis-je digne de ton estime ?

— Oui, dis-je, toi aussi.

Il vient alors vers moi et me serre la taille.

— Merci, William, dit-il d'une voix émue. Merci de m'aimer moi aussi ; un pauvre pécheur.

Je ris. Je me libère de son étreinte. Je sors en direction de Flagler Street.

Au croisement de Flagler et de la Huitième Avenue, un vieux Yankee, assis dans un fauteuil roulant, me demande une cigarette.

L'homme, déguenillé, a une barbe blonde hirsute. Il est amputé d'une jambe.

Je lui donne une cigarette.

— *Sit down here, just a minute*, dit-il en me prenant la main.

Je m'assieds sur un banc à côté de lui.

— *Have a drink*, dit-il, en sortant de sa ceinture une bouteille d'alcool de prune.

— *No*, dis-je. *I have to go.*

— *Have a drink !* m'ordonne-t-il avec autorité.

Il boit une longue rasade puis me passe sa bouteille. Je bois. J'aime ça. Je bois encore un coup.

Je lui demande :

— *Are you veteran of the Vietnam war ?*

— *No. I'm veteran of the shit war.*

J'éclate de rire.

— OK, dis-je. *But may be you fought in the second world war. Did you ?*

— *Oh, yes ! I fought in the Madison Square Garden, and in Disneyland too.*

Soudain, il s'indigne :

— *Why you, cuban people, want to see all the time how brave we are ? Go and fight your fucking mother.*

— *Sorry*, dis-je.

— *Don't worry*, dit-il, calmé. *Have a drink.*

Il écluse encore une gorgée et me passe sa bouteille. Je bois trois longues gorgées.

Sa figure s'anime.

— *You are a nice fellow*, dit-il.

— *Thank you*, dis-je en me levant. *I have to go.*

Je prends sa main crasseuse et la serre fort. Un camion passe, conduit par un Noir américain, avec une énorme inscription peinte en rouge : *"THANK YOU BUDDY."*

Je lâche la main du Yankee vagabond et me dirige vers la Seizième Avenue. A la hauteur de la Douzième, quelqu'un m'interpelle par mon nom. Je me tourne. Non sans mal, je reconnais Máximo, un vieil ami qui a fréquenté comme moi plusieurs établissements psychiatriques. Il a beaucoup maigri ; il porte des haillons très sales. Il est pieds nus. Je m'écrie en lui serrant la main :

— Máximo ! Qu'est-ce qui t'est arrivé ?

— J'ai préféré me sauver, dit-il. J'étais dans un *home*, comme toi, et j'ai préféré me sauver. Dans la rue ! Advienne que pourra !

Je lui dis alors :

— Máximo, retournes-y, merde. Je te trouve en piteux état.

— Ne me dis pas d'y retourner, fait-il irrité en me regardant droit dans les yeux. Je vais croire que tu fais partie, toi aussi, de la conspiration pour démolir ma vie.

— Quelle conspiration, Máximo ?

— Cette conspiration-là, répond-il, en faisant un geste de la main qui voudrait tout englober. Des putes et des pédés ! Tout le monde, pute ou pédé.

— Máximo…

100

Mais je ne sais que lui dire d'autre. Il a préféré la rue. Il a choisi de défendre ce qui lui reste de liberté, plutôt que de vivre dans un *home* avec un autre Curbelo, un autre Arsenio, d'autres Reyes, d'autres Pepe, d'autres René.

— Il vaut mieux que tu ne me dises rien. Tu as de l'argent pour un café ?

Je sors un *quora* de ma poche et le lui tends.

— Malgré tout, dit Máximo, malgré tout, je ne voudrais pas retourner à Cuba, jamais de la vie.

Je le regarde. Je comprends qu'il défend sa liberté. Sa liberté de vagabonder et de se détruire lentement. Mais c'est sa liberté. Je lui donne l'accolade. Je fais demi-tour et poursuis mon chemin.

Je parcours plusieurs blocs et m'arrête, à la hauteur de la Seizième Avenue, devant une maison jaune à deux étages. Elle porte le numéro indiqué sur l'annonce. Le portail est ouvert. J'entre. Je cherche l'appartement 6, où habite Mme Haidee. Ça sent la peinture fraîche. C'est agréable. A la porte n° 6, je frappe. J'attends. Un chien aboie à l'intérieur. Puis la porte s'ouvre sur une grosse femme d'une cinquantaine d'années.

— Haidee ? Je viens pour la petite annonce du journal.

— Entrez, dit-elle d'une voix agréable.

J'entre. Je m'assieds sur un canapé. Elle prend place en face de moi sur une chaise en osier. Elle scrute mon visage.

— Tu n'es pas de La Havane ?

— Si.

— Ta famille n'habitait pas rue San Rafael, à côté du cinéma *Rex* ?

— Si, dis-je, stupéfait.

— Tu n'es pas le fils de maître Figueras, l'avocat dont le cabinet se trouvait près du Capitole national ?

— En effet.

— Ta maman ne s'appelle pas Carmela ?

Je m'esclaffe :

— Mais si !

— Ça alors ! dit-elle, ravie. J'ai été amie avec ta mère pendant très longtemps. Nous vendions ensemble des produits Avon.

— C'est formidable ! dis-je.

— Tu viens pour l'appartement ?

— Oui. Nous sommes deux. Mon épouse et moi.

— Tu veux le visiter ?

— Oui.

Elle se lève et va vers un buffet. Elle ouvre un tiroir et y prend un trousseau de clés. Son sourire ne la quitte pas.

— Quelle chance que ça tombe sur toi ! dit-elle. Je n'aime pas louer à des inconnus.

On quitte son logement. On longe un corridor sombre et on s'arrête devant la porte n° 2. Haidee ouvre. On entre. Je me dis, sitôt entré :

"Il est formidable !"

C'est un appartement fraîchement repeint. Spacieux et bien éclairé. Sa cuisine est neuve. Son réfrigérateur aussi. Il y a un lit double, trois fauteuils et un buffet. Elle dit en ouvrant un immense placard :

— Voilà le placard.

— Ça me plaît, dis-je, enthousiasmé. Je vais le prendre.

— Tout de suite ? demande Haidee.

— Non. Demain. Est-ce que tu peux me le réserver jusqu'à demain ?

Elle sourit.

— Je peux, dit-elle. Ça ne se fait pas, mais je te le réserverai parce que c'est toi.

— Merci, Haidee...

— Ta mère et moi nous étions de grandes amies. Très proches !

Elle me prend par le bras.

— Ici tu n'auras pas de problèmes, dit-elle. Tout le monde est tranquille. Tu as le marché à côté. De plus, je serai là.

— Est-ce que l'électricité est gratuite, Haidee ?

— L'électricité et le gaz, répond-elle. Tu en as pour deux cent cinquante, tout compris. Mais, ce mois-ci, tu dois me régler cent pesos de plus. Exigence du propriétaire, explique-t-elle. Si ça ne tenait qu'à moi, tu n'aurais rien à verser.

— Je sais bien.

Nous bavardons encore un peu. De La Havane, d'amis communs, de son projet de voyage à Cuba dans les mois qui viennent. Nous parlons de Madrid, ville par où nous sommes passés l'un et l'autre avant d'arriver aux Etats-Unis. Enfin, je lui tends la main.

— Bon, Haidee, attends-moi demain après-midi, lui dis-je.

Elle m'attire à elle et me plante un baiser sur la joue.

— Comme je me réjouis de t'avoir comme voisin, me dit-elle. Tu seras bien ici.

Je l'embrasse sur la joue.

— Au revoir, Haidee, dis-je en reculant vers la porte palière.

Elle me salue du seuil de son appartement :

— A demain.

Je me retrouve dans la rue. Le soleil commence à décliner. Je m'arrête quelques secondes sur le trottoir et je respire un bon coup. Je souris. En ce moment, j'aimerais avoir Francine à mes côtés pour la serrer très fort dans mes bras. Lentement, calmement. Je reviens au *boarding home*.

J'arrive vers les 6 heures. M. Curbelo est déjà parti et, maintenant, c'est Arsenio, le surveillant, qui est assis à son bureau, son éternelle canette de Budweiser à la main.

— Salut, Mafia, me lance-t-il dès qu'il me voit. Viens t'asseoir ici un moment. On va causer.

Je prends une chaise à côté de lui. Je le dévisage. Il a beau me répugner profondément, il me fait un peu de peine. Après tout, il n'a que trente-deux ans et tout ce qu'il sait faire dans la vie, c'est boire et jouer à la charade chinoise. Il rêve de gagner mille pesos d'un seul coup et alors là...

— Si je gagne, Mafia, si jamais c'est le 38 qui sort cette nuit, je m'achèterai une camionnette pour monter une affaire de collecte de vieux cartons. Tu sais combien ça rapporte, la tonne de cartons ? Soixante-dix pesos ! Tu aimerais travailler avec moi dans cette camionnette ?

— Tout d'abord, il faut que le 38 sorte. Après, je suis sûr que tu boirais les mille pesos en un jour.

Ça le fait rire.

— J'arrêterais de boire, dit-il. Je te jure que j'arrêterais de boire.

— Mais tu es déjà fichu. Tu es une brute, cher ami.

— Pourquoi ? Pourquoi est-ce que tu ne m'estimes pas, Mafia ? Pourquoi est-ce que personne ne m'aime ?

Je réplique :

— Ta vie est une catastrophe. Tu t'es installé ici, dans cette baraque immonde. Si tu as besoin de deux dollars, tu les voles aux fous. Si tu as envie d'une femme, tu t'envoies Hilda, la vieille décatie. Curbelo t'exploite ; mais tu es heureux comme ça. Tu tabasses les fous. Tu commandes comme un adjudant. Tu n'as aucune imagination

De nouveau, il rit.

— Un jour, je vais affurer ! dit-il.

Je lui demande :

— C'est quoi, affurer ?

— Affurer, ça veut dire, dans le langage des vieux truands, frapper un grand coup. Décrocher la timbale. Cent mille. Deux cent mille. Tel que tu me vois, je suis en train de planifier le casse du siècle. Et crois-moi, je vais affurer ! Je te dirai alors : "Sers-toi, prends deux cents pesos, Mafia. Il t'en faut plus ? Prends-en trois cents !"

— Toi, tu rêves. Bois. C'est ce que tu as de mieux à faire.

— Tu me verras ! dit-il. Tu me verras dans Miami, avec vingt chaînes en or autour du cou et une blonde incendiaire au bras. Tu me verras au volant d'une Cadillac "Dorado" ! Tu me verras avec une montre à trois mille pesos et un costard à six cents ! Tu me verras, Mafia !

— Pourvu que tu affures ! dis-je.

— Tu me verras !

Je me lève. Je fais demi-tour et vais vers le quartier des femmes. J'arrive, je pousse doucement la porte, j'entre. Francine est sur son lit et range ses affaires dans deux cartons. Je vais lentement vers elle et la prends par la taille. Je l'embrasse dans le cou.

— Mon ange ! dit-elle. Tu l'as vue, cette femme ? Tu as pris l'appartement ?

— Oui. Demain, à cette heure-ci nous dormirons dans un bon lit tout propre.

— Mon Dieu ! dit-elle en levant la tête. Oh, mon Dieu !

— Un salon-salle à manger, dis-je. Une chambre. Une cuisine. Une salle de bains. Tout est propre, pimpant, fraîchement repeint. Tout cela pour nous.

— Mon ange, mon ange ! dit-elle. Embrasse-moi !

Je l'embrasse sur la bouche. Je lui presse un sein par-dessus sa robe. Elle sent bon. Avec quelques kilos de plus et un peu de soin, elle sera jolie. Je l'allonge doucement sur le lit. Je lui ôte ses chaussures. Je vais à la porte de la chambre et pousse le verrou. Cette fois, elle se déshabille d'elle-même.

— Demain... dis-je, tandis que je la pénètre lentement, demain nous ferons pareil dans notre propre maison.

— Mon ange... dit-elle.

Cette nuit j'ai rêvé que, de retour à La Havane, je me trouvais dans un funérarium de la 23e Rue. De nombreux amis m'entouraient. Nous buvions du café. Soudain, une porte blanche s'ouvrit et un énorme cercueil, porté par une douzaine de vieilles pleureuses, entra. Un ami m'enfonça son coude dans les côtes et me dit :

— C'est Fidel Castro qui est là-dedans.

Nous nous retournâmes. Les vieilles déposèrent le cercueil sur le catafalque au milieu de la salle en versant des torrents de larmes. Alors, le sépulcre s'ouvrit. Fidel montra d'abord une main. Ensuite la moitié du corps. Enfin, il sortit complètement de la caisse. Il rectifia sa tenue de cérémonie et vint vers nous en souriant.

— N'y a-t-il pas de café pour moi ? demanda-t-il.

Quelqu'un lui tendit une tasse.

— Eh bien, nous sommes morts, déclara Fidel. Maintenant, vous constaterez que cela ne règle rien non plus.

Je me suis réveillé. Il fait jour. Le grand jour. Dans trois heures, les chèques arriveront : Francine et moi nous quitterons le *boarding home*. Je saute du lit. Je prends ma serviette crasseuse, une savonnette, et je vais à la salle de bains. Je fais ma toilette. J'urine. Je laisse là ma serviette et mon savon en sachant que je n'en aurai plus besoin. Je me rends au salon. Les fous prennent leur petit-déjeuner mais Francine est là, assise dans un coin, près du téléviseur.

— Je ne pouvais pas dormir, me dit-elle. Allons-nous-en !

— Il faut attendre, dis-je. Les chèques arrivent à 10 heures.

— J'ai peur. Allons-nous-en !

— Du calme, dis-je. Du calme. As-tu ramassé tes affaires ?

— Ça y est.

Je lui dis en posant un baiser sur sa tête :

— Alors du calme.

Je la regarde. A la seule pensée que ce soir je ferai l'amour avec elle dans un lit propre et moelleux, mon sexe durcit.

— Du calme. Je passe ma main sous sa robe et lui tâte doucement un sein. Du calme...

Je la lâche. Je fouille dans mes poches et m'aperçois qu'il me reste deux *quoras*. Bon. Je prendrai un café. J'achèterai un journal et je passerai ces deux heures, jusqu'à l'arrivée des chèques, à baguenauder sur un banc public. Je l'embrasse sur la bouche. Je vais à la cafétéria du coin.

C'est une belle matinée. Pour la première fois depuis très longtemps, je contemple le ciel bleu, les oiseaux, les nuages. Prendre un café, griller une cigarette, feuilleter le quotidien du jour même, deviennent soudain des choses délicieuses. Pour la première fois depuis très longtemps, je sens que ce poids ne pèse plus sur mes épaules. Je sens que mes jambes peuvent courir. Que mes bras désirent prouver leur force. Je ramasse un caillou par terre et le lance au loin, vers un terrain vague. Je me souviens qu'il fut un temps, dans ma jeunesse, où j'étais un bon joueur de baseball. Je m'arrête. Je hume l'air frais du matin. Mes yeux se remplissent de larmes de bonheur. J'arrive à la cafétéria et commande un café en disant à la femme :

— Qu'il soit bon, surtout.

Elle prépare le café en souriant.

— Du spécial pour vous, dit-elle en remplissant ma tasse.

Je l'avale en trois gorgées. Il est bon. Je demande aussi un journal. La femme l'apporte. Je paie. Je fais demi-tour et cherche des yeux un endroit propre et calme. Je découvre enfin un mur blanc, à l'ombre d'un arbre. C'est là que je vais m'asseoir. J'ouvre le journal et je lis. Une grande paix envahit mon âme.

EX-FIANCÉ DÉPITÉ L'ENLÈVE, LA BÂILLONNE ET LA TUE

LA MORT GUETTE LES INTRÉPIDES PILOTES D'HÉLICOPTÈRES DANS LA NUIT

LE LEADER RUSSE PROPOSE UN ADIEU AUX ARMES

Quelqu'un s'arrête près de moi. Je lève la tête. C'est Francine. Elle m'a suivi. Elle s'assied à mes côtés. Elle me prend par le bras. Elle enfouit sa tête dans ma poitrine et garde le silence quelques secondes. Puis elle chuchote :

— Le facteur est arrivé.

— Sais-tu s'il a apporté les chèques ?

— Je ne sais pas, répond-elle. Ce type... Curbelo, il a pris les enveloppes.

— Allons-y ! dis-je.

Je laisse mon journal sur le muret et je me mets debout. Je la soulève doucement par le bras, elle tremble.

— Oh, mon Dieu ! dit-elle en levant les yeux au ciel.

— Du calme… dis-je en l'entraînant doucement.

— Il est beau, l'appartement, mon ange ?

— Il est parfait, dis-je en serrant ses épaules. Un salon-salle à manger, une chambre, une cuisine, une salle de bains, un lit double, un buffet, trois chaises…

Nous allons au *boarding home*.

A notre arrivée, nous nous séparons. Elle se dirige vers sa chambre pour rassembler ses dernières affaires et moi vers la mienne, pour faire ma valise. En passant devant le bureau de M. Curbelo, je constate que ce dernier est, en effet, en train d'ouvrir les enveloppes qui contiennent les chèques de la Sécurité sociale. Reyes, le borgne, vient lui demander une cigarette.

— Fous le camp ! gronde Curbelo. Tu ne vois pas que je suis en plein travail ?

Je souris. Je vais à ma chambre. Je prends ma valise et je fourre dedans deux ou trois chemises, mes bouquins, un blouson et une paire de chaussures. Je boucle ma valise. Elle est assez lourde à cause des bouquins, une bonne cinquantaine au total. Je prends mon recueil de poètes romantiques anglais et le fourre dans ma poche. Je jette un dernier coup d'œil à la chambre. Le fou qui travaille à la pizzeria ronfle dans son lit, bouche ouverte. Un petit cafard trotte sur sa figure. Je sors de là. Devant le bureau de

M. Curbelo, je laisse tomber ma valise. Il m'interroge du regard.

— Donnez-moi mon chèque, dis-je. Je pars.

Il réplique :

— Ça ne se passe pas comme ça. Je te le donnerai, mais ça ne se passe pas comme ça. Tu aurais dû me le signaler quinze jours à l'avance. Maintenant, tu me laisses un lit vide sur les bras. Ça me fait perdre de l'argent.

— Dommage. Donnez-moi mon chèque.

Il fouille dans la pile d'enveloppes. Le prend. Me le donne et gueule, fou furieux :

— Dégage !

Je sors de là. Je dépose ma valise dans un coin du salon et j'entre dans la chambre des femmes. Francine est là ; ses affaires sont prêtes. Je lui montre mon chèque et lui dis :

— Réclame-lui le tien.

Elle va trouver Curbelo. Je m'assieds sur son lit pour l'attendre. Après un temps incroyablement long, elle revient dans la chambre, le visage décomposé, les mains vides.

— Il ne veut pas me le donner.

J'en suis indigné et lui demande pourquoi. Puis, je fonce dans le bureau de Curbelo et j'exige, planté devant lui :

— Le chèque de Francine. Elle part avec moi.

— Alors ça, c'est impossible, fait Curbelo en me dévisageant par-dessus ses lunettes.

— Pourquoi ?

— Parce que Francine est une fille malade, dit-il. Sa mère l'a amenée personnellement dans ce *home* et elle me l'a confiée. Je suis responsable de tout ce qui pourrait lui arriver.

Je lui crie mon mépris :

— Responsable ! Responsable des draps sales et des serviettes crasseuses. Des flaques d'urine et de la nourriture immangeable.

— C'est faux ! L'ordre règne dans cette maison.

Indigné, je fais un pas en avant et lui arrache des mains la liasse de chèques. Il se lève. Il tente de me la reprendre, mais je lui donne une bourrade qui le fait tomber à la renverse sur une corbeille à papier. Dans cette position, il appelle :

— Arsenio ! Arsenio !

Je cherche en vitesse le chèque de Francine. Je le trouve. Je le mets dans ma poche et jette sur le bureau les autres enveloppes. Francine m'attend à la porte. Je lui crie :

— Pars vite !

Elle part avec ses deux énormes sacs. Je lui emboîte le pas avec ma lourde valise.

— Mon ange… dit Francine.

— Avance ! Sauve-toi !

— Mais c'est lourd, ça ! dit-elle en montrant ses sacs.

Je lui en arrache un des mains et je le porte avec ma propre valise.

A l'intérieur, M. Curbelo braille :

— Arsenio !

Nous marchons à toute vitesse dans la 1ʳᵉ Rue en direction de la Seizième Avenue. Mais ma valise est énorme, en mauvais état, et, à la hauteur de la Septième Avenue, elle s'ouvre complètement : mon linge et mes livres s'éparpillent par terre. Accroupi, je me dépêche de récupérer mes livres. J'en remets quelques-uns dans la valise. Une sirène de police retentit. Une voiture de patrouille freine devant nous et nous barre la route. Je me relève péniblement. Curbelo et un policier descendent du véhicule.

— Eh bien, mon pote… dit le flic en me prenant par le bras. Bouge pas, mon pote. C'est le type en question ? demande le flic à M. Curbelo.

— Oui, répond ce dernier.

— Eh bien, mon pote, dit encore le flic d'une voix égale, quasi indifférente. Donne-moi ces chèques.

— Ils sont à nous ! dis-je.

— Cet homme est fou, intervient Curbelo. Il est déphasé et ne prend plus ses comprimés.

— Donne-moi ça, mon pote, répète le flic.

Je n'ai pas à les lui donner. Mais il les voit dans la poche de ma chemise et me les arrache.

— C'est un garçon très problématique, assure M. Curbelo.

Je regarde Francine. Elle pleure. Accroupie, elle est encore en train de ramasser mes livres dispersés. Elle regarde Curbelo et lui flanque un livre à la figure. Le policier me prend par le bras et me conduit jusqu'à la voiture. Il ouvre la portière arrière et me fait signe de monter. Je monte. Il referme la portière. Il va rejoindre M. Curbelo. Ils discutent à voix basse quelques minutes. Ensuite, je vois que Curbelo relève Francine et saisit l'un de ses sacs. Puis il la prend par le bras et la traîne en direction du *boarding home*.

Le policier ramasse mes affaires dispersées par terre et les enfourne n'importe comment dans le coffre de sa voiture de patrouille. Puis il s'installe au volant.

— Désolé, mon pote, fait-il en mettant le contact.

Très vite, l'auto démarre.

Après avoir traversé la ville de Miami, la voiture de patrouille entra dans les quartiers nord. Elle stoppa enfin devant une immense bâtisse grise. Le flic mit pied à terre pour ouvrir la portière arrière.

— Descends, m'ordonna-t-il.

Je descendis. Il me saisit fermement par le bras et me conduisit vers une sorte de grand hall bien éclairé. Il y avait un petit bureau avec l'inscription "Admission". Le flic me poussa par l'épaule et nous entrâmes.

— Assieds-toi, m'ordonna-t-il.

Je m'assis sur un banc. Puis le policier s'approcha d'une table et parla tout bas avec une jeune femme qui portait une longue blouse blanche.

— Amène-toi, mon pote ! dit ensuite le flic en se tournant vers moi.

Je vais vers lui.

— Tu es dans un hôpital, me dit-il. Tu resteras ici jusqu'à ce que tu sois guéri. Vu ?

Je lui rétorque :

— Mais je n'ai rien, moi. Tout ce que je demande, c'est d'aller vivre avec ma femme dans un logement convenable.

— Eh bien ça, fait le policier, ça tu le raconteras aux médecins plus tard.

Il tapote son étui à revolver. Il sourit à la jeune femme. Il sort lentement du bureau. Alors la femme se lève, prend un trousseau de clés dans un tiroir et me dit :

— *Come with me.*

Je la suis. Elle ouvre une porte immense avec l'une de ses clés et m'introduit dans une salle dégoûtante et mal éclairée. Il y a là un homme à longue barbe grise, quasiment nu, qui récite à haute voix des passages du *Zarathoustra* de Nietzsche. Il y a aussi plusieurs Noirs déguenillés qui, en silence, tirent sur la même cigarette. Je vois aussi un garçon blanc qui sanglote sans bruit dans un coin en gémissant : "Mère ! Où es-tu ?" Il y a une femme noire, bien faite, qui me regarde d'un air abruti ; et une autre femme, blanche, genre prostituée, avec des seins énormes qui lui arrivent au nombril. Il fait déjà nuit. Je longe un grand couloir qui débouche sur une pièce remplie de lits en fer. Je découvre, dans un coin, un téléphone public. Je prends un *quora* dans ma poche et l'introduis dans l'appareil. Je fais le numéro du *boarding home*. J'attends. Arsenio répond à la troisième sonnerie.

— Mafia ? me dit-il. C'est toi ?

— C'est moi. Passe-moi Francine.

— Elle est dans sa chambre, répond Arsenio. Curbelo lui a injecté deux Clomipramines dans la veine et l'a foutue au lit. Elle hurlait. Elle n'a pas voulu manger. Elle a déchiré sa robe de ses propres mains. Mafia… Qu'est-ce que tu lui as fait, à cette femme ? Elle est folle de toi !

— Laisse tomber, dis-je. Je rappellerai demain.

— Tes livres sont ici, dit Arsenio. Le flic les a rapportés. Mafia, je te le dis d'homme à homme : tu sais pourquoi tu es devenu à moitié fou ? C'est à force de lire.

— Laisse tomber, dis-je. Continue à miser sur le 38.

— Sûrement, répond Arsenio. Tu me verras dans Miami ! Tu me verras !

— Au revoir.

— Au revoir, dit Arsenio.

J'ai à peine raccroché que je m'entends appeler par mon nom de la salle principale.

Je vais dans cette direction. Un homme en blouse blanche m'attend.

— Vous êtes William Figueras ?

— Oui.

— Entrez. J'ai à vous parler. Je suis le Dr Paredes.

J'entre dans un petit bureau sans fenêtre. Il y a une table et trois chaises. Les murs sont décorés de portraits de l'écrivain Ernest Hemingway.

Je lui demande, tout en m'asseyant :

— Etes-vous un admirateur de Hemingway ?

— Je l'ai lu, répond le Dr Paredes. Et même beaucoup.

— Avez-vous lu *Iles à la dérive*... ?

— Oui. Et toi, tu as lu *Mort dans l'après-midi* ?

— Non. Mais j'ai lu *Paris est une fête*.

— Formidable, dit le docteur. Désormais, on se comprendra peut-être mieux. Dis, William, que t'est-il arrivé ?

— J'ai voulu recouvrer ma liberté. J'ai voulu m'enfuir du *home* où j'habitais pour recommencer une nouvelle vie.

— Tu emmenais une jeune fille ?

— Oui. Francine, ma future femme. Elle venait avec moi.

— D'après le policier, c'était un enlèvement.

— Le policier ment. Il répète ce que lui a dit M. Curbelo, le patron du *home*. Cette femme et moi, nous nous aimons.

— Vous vous aimez d'amour ? demande le Dr Paredes.

— D'amour, dis-je. Ce n'était peut-être pas encore un grand amour. Mais c'était quelque chose qui s'épanouissait.

— Entends-tu des voix, William ?

— Avant, oui. Plus maintenant.

— As-tu des visions ?

— Avant. Plus maintenant.

— Comment as-tu guéri ?

— Francine, dis-je. Sa présence à mes côtés m'a insufflé de nouvelles forces.

— Si ce que tu dis est vrai, je t'aiderai, dit le Dr Paredes. Tu passeras quelques jours ici et j'essaierai personnellement de régler ce problème. Je parlerai à Curbelo.

— Vous le connaissez ?

— Oui.

— Quelle opinion avez-vous de lui ?

— C'est un commerçant. Un commerçant exclusivement.

— Exact, dis-je. Un commerçant doublé d'une crapule.

— Bon, dit le Dr Paredes. Tu peux sortir. Nous en reparlerons demain.

— Vous m'offrez une cigarette ?

— Oui. Garde le paquet.

Il me tend un paquet de Winston presque intact. Je le range dans ma poche. Je sors de son bureau. Je retourne dans la salle où se trouvent les autres fous. J'arrive au moment où l'homme qui récite *Zarathoustra* harcèle une femme noire dans un coin et commence à retrousser sa robe. La femme se débat pour l'écarter. L'homme qui récite *Zarathoustra* renverse la femme par terre et se met à lui tripoter les cuisses et le sexe. En même temps, il récite d'une voix d'outre-tombe :

> *J'ai marché par monts et par vaux.*
> *J'ai eu le monde à mes pieds.*
> *Homme qui expies, souffre !*
> *Homme qui crois, aie confiance !*
> *Homme rebelle : Attaque et tue !*

Je sors de là. J'arrive dans le dortoir aux lits en fer. J'ai sommeil. Je vais vers l'un de ces châlits et je m'y écroule. Je pense à Francine. Je me la rappelle près de moi, devant le portail de l'église baptiste ; je sens son épaule enfoncée dans mes côtes.

— Mon ange… As-tu été communiste dans le temps ?

— Oui.

— Moi aussi. Au début. Au début. Au début…

Je m'endors. Je rêve que Francine et moi nous nous sauvons à bride abattue par un jardin potager. Soudain, on voit au loin des phares de voiture. C'est la voiture de M. Curbelo. Nous nous jetons à terre pour ne pas être vus. M. Curbelo écrase les semis de légumes sous ses roues. Il freine près de nous. Il feint de ne pas nous voir. Francine et moi, main dans la main, nous faisons corps avec la terre. Curbelo descend de voiture, armé d'un long fusil de chasse sous-marine. Il porte des palmes et s'arrête au-dessus de ma tête. Il vocifère à pleins poumons :

— Deux esturgeons ! Cette fois, sûr et certain, je remporterai la première place. La coupe en or sera pour moi ! Pour moi !

Francine et moi, nous mordons la terre sous ses pieds.

Je passai sept jours à l'hôpital public. Je téléphonai une fois de plus au *boarding home*, mais c'est encore Arsenio qui décrocha pour me répéter que Francine était toujours inconsciente dans son lit. Je n'ai pas pu rappeler. Je n'avais plus un sou. Ni une seule cigarette.

Le septième jour, le Dr Paredes me convoqua de nouveau dans son bureau.

— J'ai quelque chose, dit-il.

Il sort un poster de Hemingway et me le donne.

— C'est un cadeau ?

— Oui, pour que tu aies foi en la vie.

— Bon. Sur quel mur pourrai-je l'accrocher ?

— Ne t'en fais pas, répond-il. Tu pourras peut-être l'accrocher dans cet endroit propre et bien éclairé où tu voulais emménager.

— Francine viendra-t-elle aussi ?

— Ça, c'est à voir, dit-il. Maintenant, allons ensemble discuter avec M. Curbelo. Si la jeune femme veut partir avec toi, personne ne peut l'en empêcher.

— Je m'en réjouis, dis-je.

— Ce pays est très libre, dit Paredes.

— Je n'en doute pas.

J'examine le poster de Hemingway. C'est un Hemingway triste. Je le dis à Paredes.

— Il était déjà malade, répond ce dernier. C'est l'une de ses dernières photos, prise peu avant sa mort.

— Il voulait être un dieu, dis-je.

— Il a failli y parvenir, dit Paredes.

Il se lève, va à la porte de son bureau et l'ouvre.

— Allons-y, dit-il. Allons au *boarding home*.

Je lui emboîte le pas. Nous longeons le grand couloir. Paredes s'arrête devant l'énorme portail de l'entrée et l'ouvre avec sa clé.

— Allons-y, dit-il.

Nous nous retrouvons dans le hall. Nous le traversons et nous dirigeons vers le parking de l'hôpital.

— Je fais cela pour toi, dit Paredes. Je crois que je ne l'ai jamais fait pour personne.

— Oh, allons-y ! dis-je. Avez-vous lu *L'Heure triomphale de Francis Macomber* ?

— Oui. C'est excellent. Et toi, as-tu lu *Le Champion* ?

— Je n'aime pas tellement. Je préfère *Le Révolutionnaire*.

— Je fais cela pour toi, dit Paredes en riant. Car, dans cette foutue ville, je crois que personne n'a lu Hemingway comme toi.

Nous arrivons devant une petite voiture. Paredes ouvre les portières. Je monte et m'assois sur le siège avant.

— J'avais rêvé de devenir écrivain, dit Paredes en démarrant. J'en rêve encore !

Nous roulons en direction du *boarding home*. En route, Paredes prend dans la boîte à gants un feuillet dactylographié et me le tend.

— J'ai écrit cela hier, dit-il. Dis-moi ce que tu en penses.

C'est une historiette. Il s'agit d'un vieux domestique qui a passé cinquante ans au service d'un certain monsieur. A la mort de ce monsieur, le domestique s'approche du cadavre, le contemple longuement en silence et lui crache à la figure. Puis il nettoie le crachat, recouvre le visage du mort avec un drap et sort en traînant les pieds.

— C'est très bon, dis-je.

— Je me réjouis que ça te plaise.

Nous traversons la ville, direction *west*. Nous voici de nouveau dans Flagler Street et nous tournons à gauche, vers *downtown*. Encore quelques blocs et nous arrivons.

Je demande au docteur :

— Curbelo sait-il que nous venons ?

— Oui. Il nous attend.

Nous quittons la voiture. Aussitôt, tous les fous assis sur les chaises en bois du porche se jettent sur nous pour quémander des cigarettes. Paredes prend un paquet de Winston et le leur donne. Nous entrons. Curbelo est assis dans son bureau.

— Oh là là ! dit Curbelo au Dr Paredes, ce n'est pas trop tôt !

Ils se serrent la main. Paredes et moi, nous prenons place devant le bureau de Curbelo.

— Et ces concours de pêche, ça marche ? s'enquiert Paredes.

— Très bien ! répond Curbelo. Hier j'ai remporté la première place. C'est la première fois en vingt ans que je remporte la première place !

— Félicitations ! dit Paredes.

Puis il se tourne vers moi et me demande :

— William… peux-tu nous laisser seuls un moment ?

Je me lève et je sors. Je vais dans ma chambre. Le fou qui travaille à la pizzeria saute de son lit dès qu'il me voit. Il s'écrie joyeusement :

— Monsieur William ! On vous croyait en prison.

Ida, Pepe, René, Eddy ; tous les fous viennent dans ma chambre me saluer avec effusion. Sur mon lit, je vois ma valise remplie de livres et de linge sale.

— Vous revenez pour de bon, monsieur William ?

— Non, je pars avec Francine dans un logement privé.

Alors Ida, la grande dame déchue, vient vers moi et passe son bras sur mes épaules.

— Prends cela avec calme, dit-elle.

— Quoi donc ?

— Au sujet de Francine, dit-elle. Prends cela avec calme !

— Qu'est-il arrivé ?

— Francine n'est plus ici, dit Ida. Hier, sa mère est venue du New Jersey et l'a emmenée avec elle.

Je n'en écoute pas davantage. Je pousse Ida sur le lit et cours vers la chambre des femmes. J'ouvre violemment la porte. Au lieu de Francine, je vois une grosse vieille négresse couchée dans son lit.

— Je suis arrivée hier, dit la femme. Celle qui était là avant moi est partie.

Je lui demande, très inquiet :

— Est-ce qu'elle a laissé un mot ?

— Non, répond la femme. Elle a seulement laissé ça.

Elle me montre alors une liasse de dessins de Francine. Nous y sommes tous. Il y a Caridad, la cuisinière métisse. Il y a Reyes, le borgne ; il y a Eddy, le fou calé en politique internationale ; il y a Arsenio et ses yeux diaboliques ; il y a moi enfin, avec un visage dur et triste à la fois.

J'arrive dans le bureau de M. Curbelo. Paredes me regarde d'un air interrogateur.

— Alors, tu sais tout ?

— Oui, je sais tout. Ne vous dérangez plus pour moi. Il n'y a rien à faire.

— Je regrette, dit Paredes.

— Mon petit… dit alors M. Curbelo. Tu peux rester ici, si tu le souhaites. Prends tes cachets. Repose-toi. Les femmes, ce n'est pas ce qui manque ici-bas.

La voix de Caridad la mulâtresse qui annonce le dîner me parvient du réfectoire. Les fous se bousculent dans un grand tapage. Curbelo se lève et me pousse doucement par les épaules.

— Vas-y, dit-il. Mange. Nulle part au monde tu ne seras mieux qu'ici.

Je baisse la tête. Je vais, derrière les fous, vers le réfectoire.

Boarding home ! Boarding home ! Depuis déjà trois ans, j'habite dans ce *boarding home*. Castaño, le vieillard centenaire qui sans cesse veut mourir, hurle et empeste l'urine comme avant. Ida, la grande dame déchue, rêve encore que ses enfants viendront un jour du Massachusetts pour la délivrer. Eddy, le fou calé en politique internationale, reste suspendu aux journaux télévisés et réclame à cor et à cri une troisième guerre mondiale. Reyes, le vieux borgne, suppure toujours de son œil de verre. Arsenio continue de donner des ordres. Curbelo mène toujours sa vie de bourgeois grâce à l'argent qu'il nous extorque.

Boarding home ! Boarding home !

J'ouvre mon recueil de poètes anglais et je lis un poème de Blake intitulé "Proverbes de l'enfer".

Conduis ta carriole et ta charrue
sur les ossements des morts.
Le chemin de la douleur mène au palais
de la sagesse.
La prudence est une vieille fille riche et laide
que l'incapacité courtise.
L'horloge égrène les heures de la folie.

Je me lève. Dans un coin du salon, Reyes, le borgne, pisse longuement. Arsenio lui fonce dessus et dégrafe son ceinturon. Avec la boucle, il assène un coup violent sur le dos du vieux borgne. Je vais sur Arsenio et lui prends le ceinturon des mains. Je le brandis au-dessus de ma tête et le laisse retomber, de toutes mes forces, sur le corps squelettique du vieux borgne.

Dehors, Caridad la mulâtresse appelle pour le dîner. Il y aura du poisson froid, du riz blanc et des lentilles crues.

OUVRAGE RÉALISÉ
PAR L'ATELIER GRAPHIQUE ACTES SUD
REPRODUIT ET ACHEVÉ D'IMPRIMER
EN OCTOBRE 2002
PAR L'IMPRIMERIE FLOCH
A MAYENNE
SUR PAPIER DES PAPETERIES DE LA GORGE DE DOMÈNE
POUR LE COMPTE DES ÉDITIONS
ACTES SUD
LE MÉJAN
PLACE NINA-BERBEROVA
13200 ARLES

DÉPÔT LÉGAL
1re ÉDITION : SEPTEMBRE 2002
No impr. : 55356.
(Imprimé en France)